小学館文庫

# 姉川忠義

## 北近江合戦心得〈一〉

井原忠政



小学館

# 目次

# ◇姉川合戦図

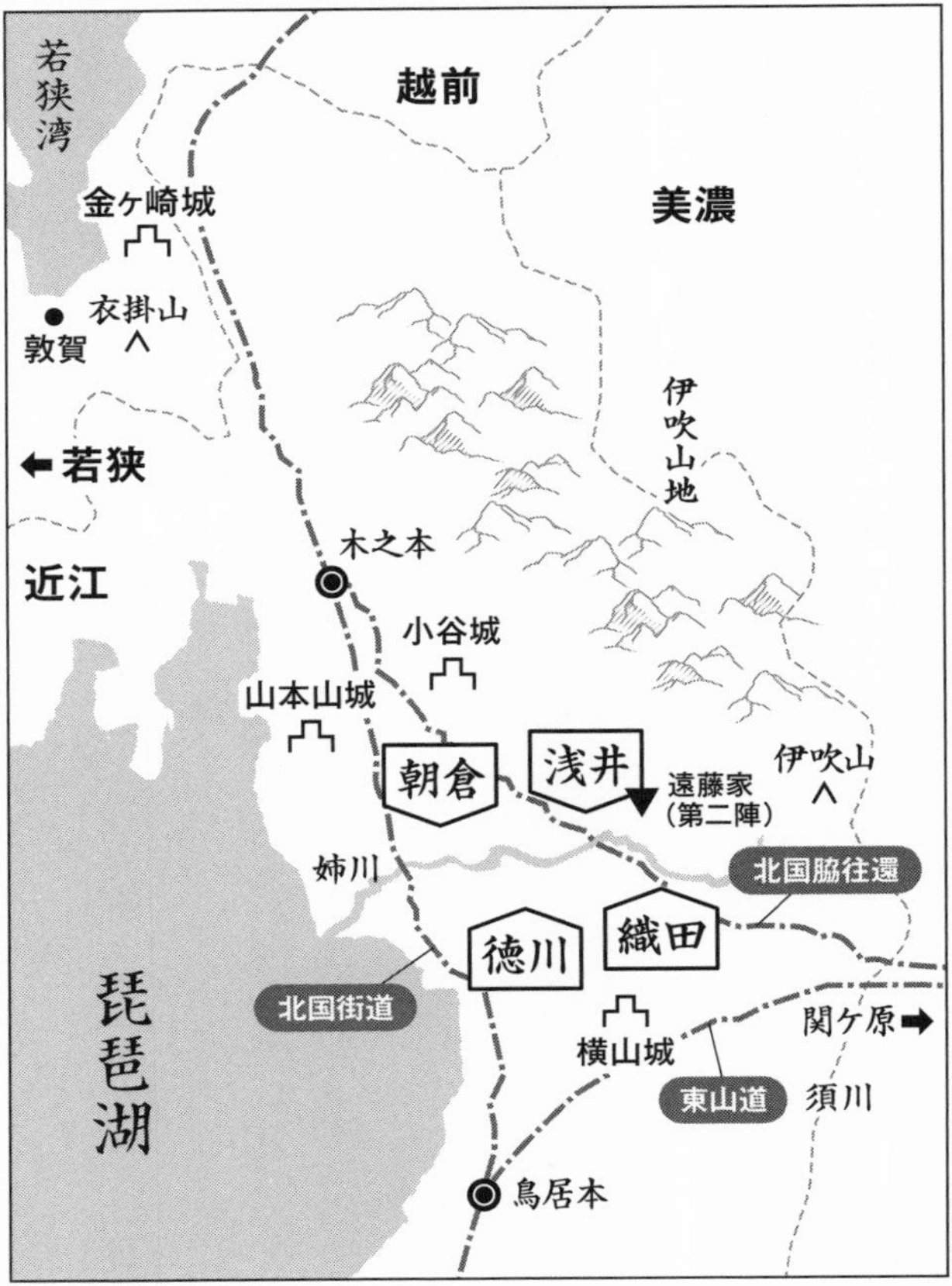
若狭湾
越前
金ヶ崎城
美濃
衣掛山
敦賀
伊吹山地
←若狭
木之本
近江
小谷城
山本山城
朝倉
浅井
遠藤家
(第二陣)
伊吹山
姉川
北国脇往還
徳川
織田
北国街道
琵琶湖
横山城
関ケ原→
東山道
須川
鳥居本

# ◆小谷城図

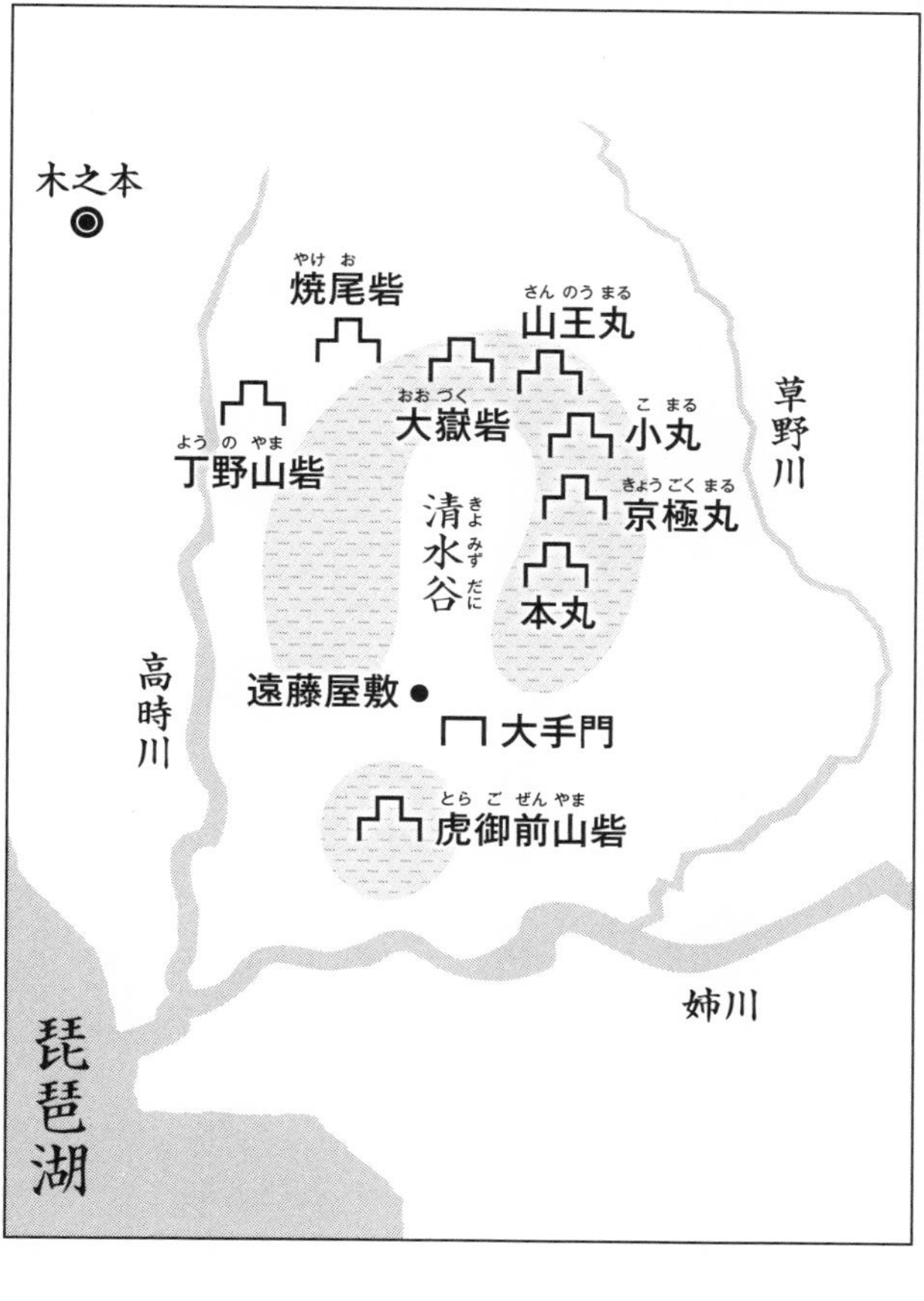

木之本
焼尾《やけお》砦
山王丸《さんのうまる》
大嶽《おおづく》砦
小丸《こまる》
丁野山《ようのやま》砦
京極丸《きょうごくまる》
清水谷《きよみずだに》
本丸
草野川
高時川
遠藤屋敷
大手門
虎御前山《とらごぜんやま》砦
姉川
琵琶湖

# 姉川忠義　北近江合戦心得〈一〉

# 登場人物

遠藤与一郎《えんどうよいちろう》　18歳。別名・大石《おおいし》与一郎。弓の名手。浅井家家臣・遠藤喜右衛門の嫡男。

武原弁造《たけはらべんぞう》　20代半ば。六尺二寸の巨漢。与一郎の郎党。元は関ケ原松尾山の山賊。

遠藤喜右衛門《えんどうきえもん》　40歳。姉川の合戦で、織田信長《おだのぶなが》の本陣に捨て身の斬り込みを図る。

阿閉万五郎《あつじまんごろう》　18歳。与一郎の竹馬の友。浅井家重臣・阿閉貞征《さだゆき》の嫡男。

羽柴秀吉《はしばひでよし》　37歳。小谷攻めの指揮官。木下《きのした》秀吉から改名。後の天下人・豊臣秀吉。

藤堂高虎《とうどうたかとら》　18歳。与一郎の生涯の悪友。通称・与吉。織田方の足軽を率いる小頭。

浅井長政《あざいながまさ》　29歳。小谷城主。信長の義弟。与一郎が心酔する浅井家の当主。

万福丸《まんぷくまる》　10歳。浅井長政の嫡男。与一郎と弁造に連れられ、小谷城から逃げる。

浅井万寿丸《あざいまんじゅまる》　1歳。別名・菊丸。万福丸の弟。

於市《おいち》　27歳。織田信長の妹。浅井長政の正室。万福丸の義母。

紀伊《きい》　37歳。与一郎の元乳母。敦賀の地侍・木村喜内之介《きむらきないのすけ》の後妻。

於弦《おつる》　16歳。木村喜内之介の前妻が生んだ娘。半弓の名人で男勝りの美少女。

絹姫《きぬひめ》　17歳。通称・於絹。阿閉貞征《さだゆき》の長女。与一郎の元婚約者。

於志乃《おしの》　享年16。与一郎の母。

# 序章　姉川の月――初陣、夏

北近江《きたおうみ》は琵琶湖《びわこ》の東岸――見上げる黎明《れいめい》の空には雲一つない。元亀《げんき》元年（一五七〇）六月二十八日は、新暦に直すと七月三十日にあたる。夏も盛りで、陽《ひ》が上りきれば大層《たいそう》暑くなりそうだ。伊吹山《いぶきやま》が東方に聳《そび》えるので朝陽《あさひ》こそ望めないが、卯《う》の上刻（午前五時頃）ともなると、東の空はもう十分に明るい。その払暁《ふつぎょう》の空高く、針のように細く先鋭な月が浮かんで見えた。

「きんまい（美しい）月やな……」

明けの三日月を見上げて、鞍上《あんじょう》の遠藤与一郎《えんどうよいちろう》は面頰《めんぼお》の奥で呟《つぶや》いた。

「なんぞ？」

馬の傍らに控える大男――郎党《ろうとう》の武原弁造《たけはらべんぞう》が、額に二段の鉢金を当てた厳《いか》つい顔で、与一郎を仰ぎ見た。

「や、なんでもない。独り言や」

明けの三日月は、言わば最後の月である。明晩からは、もう月は出ない。ただ朔《さく》が来たれば、月はまた姿を現わす。必ず蘇《よみがえ》る。人の生と死、滅亡と再生もまたかくの如《ごと》しか。

時折、馬の嘶《いなな》きが聞こえる他は、音がない。咳《しわぶき》ひとつ聞こえない。姉川を挟み、五万人もの男たちが対峙《たいじ》しているとは、到底思えない。

「ええか。できるだけ離れて、弓で勝負しいや」

弁造を挟み、父の遠藤喜右衛門《えんどうきえもん》が鞍上からこちらへ身を乗り出して囁《ささや》いた。

「そなたは初陣や。ちょかって（調子に乗って）斬り結ぶと、思わぬ不覚をとるぞ」

羊歯前立《しだまえだて》の筋兜《すじかぶと》に濃紺の毛引威《けびきおどし》、敬愛する百戦錬磨《ひやくせんれんま》の父である。

「そなたを早死にさせると、泉下《せんか》の於志乃《おしの》に申しわけが立たんからのう」

面頬越しではあるが、父が苦く笑うのが伝わった。志乃とは、与一郎の母である。顔を見たことはない。十四年前、与一郎に命を与え、引き換えに己《おの》が命を落とした。

ジジジ、ジワワワワワワ。

周囲の林で、朝の訪れに気づいた夏蟬《なつせみ》たちが一斉に鳴き始めたその刹那——

ダダン、ダンダンダン。ダンダンダンダンダン。

蟬の声に背中でも押されたか――四半里（約一キロ）西方に陣を敷く友軍の朝《あさ》倉《くら》勢が、姉川を挟んだ徳川の先鋒《せんぽう》隊に向け斉射を開始、戦端が開かれた。銃声に驚いた夏蟬たちは鳴りを潜めたが、代わりに野太い鯨声《ときのこえ》が北近江の山々に木霊《こだま》し、琵琶湖の水面《みなも》を圧していった。

右翼を受け持つ朝倉勢の進撃に遅れじと、与一郎たち浅井《あざい》勢も姉川へ馬を乗り入れた。

「死ねや者ども！」

浅井勢先鋒の磯野《いその》員昌《かずまさ》は、渇水期の姉川を一気に渡り切ると手勢千人を率いて織田の先鋒隊に襲いかかった。信長本陣の半里（約二キロ）後方には横山城があり、今も浅井勢が抵抗を続けている。横山城は山城であり見晴らしが利く。磯野隊が善戦し信長本陣に迫れば、それを遠望した城兵たちは、必ずや城門を開き、討って出てくるはずだ。あわよくば、信長を挟撃できる。勝ち目はある。

浅井勢の第二陣である浅井《あざい》政澄《まさずみ》隊が突っ込むと、織田勢先鋒の坂井《さかい》政尚《まさひさ》隊は早々《はやばや》と崩れた。現在、織田勢第二陣の池田《いけだ》恒興《つねおき》隊の尻を、背後から押し上げてきた第三陣の木下秀吉《きのしたひでよし》隊がかろうじて支えている。その浅井政澄隊に、与一郎は父遠藤喜右衛門とともに寄騎《よりき》していた。遠藤家の一族郎党三十人を率いての初陣である。浅井家の軍役規定は、所領二十貫（約四十石）当たり一人だ。遠藤家の所領は六百貫（約千二百石）だから、三十人は目一杯の人数である。当然、采地《さいち》の須川館を守る兵は誰もいない。女子供は山中に隠した。言わば捨て身。言わば背水の陣。主家の一大事のためなら我が身を顧みない——これが鎌倉期以来、遠藤家の伝統であり、流儀なのだ。浅井家内では「遠藤は忠義専一」と言われ、禄高《ろくだか》以上の尊敬と人望を集めている。

「弁造、弓ッ！」

乱戦の中、奮戦する郎党たちの後から馬を進めていた与一郎が、右腕を伸ばした。

「若殿、お弓にござる」

弁造が、弓持ちの従者から引《ひ》っ手繰《たく》った重籐弓《しげとうのゆみ》を差しだした。弁造は巨漢である。身の丈六尺二寸（約百八十六センチ）、目方は二十四貫（約九十キログラム）あり、徒武者《かち》の弁造と馬上の与一郎で、然程《さほど》に目の高さが変わらない。齢《よわい》は十五歳の与一郎より七、八歳年嵩《としかさ》か——実は、誕生年を正確には知らないという。

今は故あって遠藤家の家来となっているが、元は山賊だ。五人の手下を率いて関ケ原界隈《かいわい》の東山道《とうさんどう》や北国脇往還《ほっこくわきおうかん》に出没、旅人を襲うことを生業《なりわい》としていた。得物は、山賊時代から愛用する長さ一間半（約二百七十センチ）の鉄鋲《てつびょう》を打った六角棒。重さが二貫（約七・五キログラム）あり、これでまともに強打されると甲冑《かっちゅう》を着ていても骨が外れる。

「父上」

「おう？」

馬上で槍《やり》を使い、奮戦していた父が振り向いた。

与一郎は父に、重籐弓を示し、右腰の箙《えびら》を叩《たた》き、姉川河畔の小高い土手を指さした。父は頷《うなず》き、返事の代わりに「弁造を連れて行け」と命じた。

「一緒に来い」

と、弁造に叫んで鐙《あぶみ》を蹴った。

姉川の河道《かどう》を見渡せる土手に上ると、まず与一郎は馬から下りた。手綱さばきが自慢の彼としては、源平の弓武者を気取り、馬上で颯爽《さっそう》と弓を構えてみたいところだが、如何《いかん》せん敵鉄砲の格好の標的になってしまう。当節では、馬から下り、身を低くして膝を突き、できれば物陰からこっそり射るのが弓兵《きゅうへい》の心得だ。

（かなんなァ……ま、「やあやあ、我こそは」の時代でもないからのぅ）

なにか、とてつもなく卑怯《ひきょう》な戦い方をしているように思えて不快なのだが、さればとて、待ちに待った初陣で、名もなき鉄砲足軽の餌食になるのも御免だ。

陽が上りきり、猛暑となった。面頬は重要な防具だが、このままでは逆上《のぼ》せて、動けなくなる。さらには矢を放つとき、弓の弦《つる》が引っかかるので都合が悪い。与一郎は、兜の忍緒《しのびお》を緩め、面頬と喉垂《のどだれ》を一気に外した。

（ほうッ。生き返るわ！）

与一郎が大きく息を吐いた。面頬の下から現れたのは、端整な顔立ちの美少年である。武芸に秀でた若武者だが、容貌はむしろ貴族的、女性的だ。こんな面《つら》をしていると戦場で嘗《な》められそうで嫌なのだが、顔ばかりはどうしようもない。

顔の汗を拭って見渡せば、河道内のそこここで織田衆と浅井衆が斬り結んでいる。正に激戦だ。夏の陽を照り返す姉川の川面《かわも》が、ギトギトと血脂に染まって朱に見えた。

（誰が敵で、誰が味方やらよう分からん）

足軽雑兵の旗指《はたさし》にはおおむね、主家の家紋か合印《あいじるし》が染め抜いてある。織田なら黄色地に永楽銭だし、浅井なら三《み》ツ盛亀甲花菱紋《もりきっこうはなびしもん》だ。問題は兜武者で、自家の家紋を染めた自分指物を背負っており、敵味方の見分けがつけ辛《づら》い。とりあえず、永楽銭の幟《のぼり》を背負った足軽を率いている兜武者なら織田方だろうと思いなし、矢を射かけることにした。

河道の幅は一町（約百九メートル）から二町（約二百十八メートル）もある。狙って当てて、かつ致命傷を与えるなら、半町（約五十五メートル）以内が望ましい。

右から左に、永楽銭幟を背負った足軽の一隊を率い、兜武者が槍を提げて駆けていくのが目に入った。甲冑の威は高価な毛引威《けびきおどし》、桃形兜《ももなりかぶと》に蜻蛉《とんぼ》の前立——さぞや名のある武将に相違ない。

（おう、あれでええわ。あの者を射よう）

鎧《よろい》も頑丈そうだし、ゴツイ鏃《やじり》の方がいい。

与一郎は、箙《えびら》から一本の矢を選《よ》って引き抜いた。重量感のある征矢《そや》だ。鏃は鑿《のみ》根《ね》（鑿のように肉厚に作られた重い鏃で貫通力に優れる。別名、楯割《たてわり》）である。これなら毛引威の堅牢《けんろう》な甲冑でも貫けそうだ。すぐに番《つが》えて弦を引いた。

キリキリと満月のように引き絞る。

五歳の春から弓を習った。師匠は遠藤家の老臣で、なにしろ厳しい師匠だった。

口癖は「月に一万条を射なされ」だ。幸い筋がよく、十歳の頃には、飛ぶ鵯《ひよ》を射落としたこともある。だが、今回の的は小禽《ことり》ではない。人だ。生きた人を生まれて初めて射殺《いころ》すのだ。すでに鬼籍に入られた師匠は、この事実をどう思われているのだろう。喜んでおられるのか、それとも――

(正射必中南無三《しようしやひつちゆうなむさん》……)

かつて師匠から教わった「矢を的に当てる呪文」を心中で唱えた。ヒョウと放った。矢が右に逸《そ》れぬよう、瞬間、弓手《ゆんで》を返す――これが出来ずに、師匠から何度も何度も叱られたものだ。

ガシッ。

矢は二十間(約三十六メートル)を飛び、蜻蛉武者の兜の錣《しころ》を射抜き、首を左から右へと串刺しにした。蜻蛉武者は槍を放りだし、ドウと横倒れになった。

「初手柄、お見事！　祝着《しゆうちやく》にござる！」

傍らで弁造の笑顔がはじけた。与一郎のそれより二回りもデカイ拳を突き上げ、快哉《かいさい》を叫んだその刹那、兜武者が三人、槍の穂先を揃《そろ》えて突っ込んでくるのが、弁造の大きな肩越しに見えた。

「べ、弁造、み、右やッ」

声が震えたのは、初めて人を射殺した高ぶりなのか、はたまた敵が迫りくる恐怖がなせる業なのか、自分でもよく分からない。敵との距離は凡《およ》そ十間（約十八メートル）——ゆっくり呼吸一つ（約三秒）する間にやってくる。敵が、自分を殺しにやってくる。

反射的に箙から矢を抜き取った。もう矢を吟味している余裕はない。神速《しんそく》で番え、弦を引き絞る。

「死ねや——ッ」

先頭を走る兜武者が雄叫《おたけ》びを上げ、土手を駆け上がり、槍を突きだす。こちらもヒョウと矢を放つ。

ドスッ。

槍の穂先より征矢の鏃がわずかに早かった。矢は、兜武者の喉垂《のどだれ》を正面から貫き、喉に深々と突き刺さる。反動で兜武者の突撃は止まった。弓の威力、短距離ならばかくの如し。兜武者が槍を放りだし、口から血を噴いて転がったのは、与一郎のほんの足元だ。喜んではいられない。まだ二人いる。

「えいさッ」

次矢を引き抜こうと箙に手を伸ばした刹那、気合の籠った声が轟《とどろ》き、槍の穂先が与一郎の顔を目がけて突きだされてきた。大いに後悔した。面頬も喉垂も暑さに負けて外している。

「わッ」

弓を放りだし、体を捻《ひね》って辛うじて避けたが、無様に尻餅をついてしまった。刀を抜く暇もない。思わず与一郎は目を瞑《つぶ》った。次の瞬間には、鋭利な穂先が下腹の揺絲《ゆるぎのいと》（胴から草摺《くさずり》をぶら下げる可動部）の辺りに、ズブリと捻《ね》じ込まれるのに相違ない。それにて一巻の終わり。

ボクッ。

目を開くと、横合いから弁造の六角棒が介入。初陣の若武者を今まさに刺し殺そうとする敵を強烈に打ち据えた。さらに六角棒を頭上へと大きく振り上げ、蹲《うずくま》った敵に止《とど》めを刺そうとしたのだが、敵はまだ他にもいた。

「死ね――――ッ」

第三の兜武者の槍が、無防備な弁造の胴を背後から強《したた》かに突いてきたのだ。

「弁造ッ、後ろや！」

ガシッ。

幸いにも穂先は、弁造の堅牢な桶側胴《おけがわどう》の表面を火花を散らして滑った。一昔前の胴丸《どうまる》だったなら、さしもの豪傑も串刺しになっていただろう。

「こ、この野郎……」

振り向きざま、鬼の形相の弁造が、六角棒を横に振り回す。

ブン——ゴン。

第三の敵が薙《な》ぎ倒された。休まず弁造は一歩踏み込み、大上段から六角棒を振り下ろす。

「死ね————ッ」

ガン——ボキッ。

第三の敵は、槍を水平にかざして巨棒の一撃をかわそうとしたのだが、その槍が真っ二つにへし折れた。

「もろうた！」

弁造の巨体が、第三の兜武者を組み敷いた。

しかし、ここで第二の敵が復活してきた。彼は、一発強打されただけで、まだ止めを刺されていない。フラフラと身を起こし、刀を抜き、同僚に馬乗りとなっている弁造に、背後から襲い掛かった。

（二対一や……弁造がやられる）

頼もしい郎党の戦いを見守っている場合ではない。父からは「離れて戦え」「斬り結ぶな」と指示されていたが、ここは止《や》むを得ない。与一郎も抜刀して敵に迫り、大上段に振り被《かぶ》った刀を振り下ろした。

ギン

火花が散り、兜の錣か当世袖《とうせいそで》に刀を撥《は》ね返された。敵はつんのめり、よろけたが、与一郎もさらに大きくよろけた。

「ええか。刀で甲冑は斬れんぞ。刀とは突き刺す得物《えもの》と心得よ」

ふと父の言葉が脳裏を過《よぎ》った。甲冑を着込んだ敵には刀で斬りつけても無駄で、腋《わき》の下、襟回り、揺絲の辺りなどの隙間を狙って刺すよう教えられたものだ。頭に血が上り、すっかり忘れていた。愚図愚図《ぐずぐず》していると、弁造が背後から襲われる。止《や》むを得ず、跳びついた。摑《つか》みかかった。

ガシャッ。

甲冑同士が激突する音がして、二人は絡み合ったまま土手を転がり落ちた。必死にもがいたのだが、手もなく組み伏せられてしまった。面頬を被ってはいるが、相手は三十前後の武士だろう。場数の差が出たということだ。馬乗りになられ、左頬を幾度か殴られ、頭がボウッとした。

（やはり暑くとも面頬は外すべきやないな。これからは外さんとこ）

もし「これから」があればの話だ。現状は、手強《てごわ》い敵に組み敷かれ、幾度も酷《ひど》く殴られている。殴りはするが相手は刀を使わない。与一郎と同様、土手を転がり落ちたときに刀を取り落としてしまったようだ。敵が脇差を抜こうとして、殴るのを止《や》めた。

（今や）

膝で押さえられていた右手が動き、右腰に佩《お》びている鎧通《よろいどおし》に手が届いた。

鎧通——刺し殺すことに特化した短刀で右腰に佩びる。左腰に佩びる打刀、脇差より短く太く頑丈にできている。

脇差を抜こうとする敵の左腰に、鎧通を突き立てた。

「ぎゃあッ」

敵は脇差を抜くのを止め、右手で与一郎の顔を押さえにきた。指が目に入り鼻が潰れる。与一郎は必死に顔を動かし、敵の指を食い千切るつもりで強く嚙《か》んだ。

「アイタタタタタ」

敵が右手を振りほどく。腕を精一杯に伸ばし、鎧通を敵の左腋の下に深々と突き刺した。短刀を抜くと、鮮血が噴きだし、与一郎の顔にも降り注いだ。これで敵は動きを止めた。兜武者をひっくり返すようにして起き上がり、逆に馬乗りとなり、当世垂《とうせいだれ》を撥ね上げた。白い肌が見えたら、そこが首筋だろう。間髪を容《い》れずに、鎧通をズブリと突き立てた。

「若殿、お見事にござる！」

笑顔の弁造が駆け寄った。

弁造に笑い返そうとしたが、笑顔が上手《うま》く作れない。幾度も殴られたので、顔面左側が麻痺《まひ》しているようだ。

「初陣で兜首三つ！　快挙にござる！　身共《みども》もおこぼれで兜首一つ……ほら」

と、切り取ったばかりで、血が滴る生首を高々と掲げて豪快に笑った。

二ケ月《ふたつき》前、与一郎の主人である浅井長政《ながまさ》は、義兄の織田信長を裏切った。越前金ケ崎《えちぜんかねがさき》からの退路を塞ぎ、袋の鼠《ねずみ》としたつもりだったが、惜しいところで討ち漏らしたのだ。結果、激怒した織田勢二万四千と徳川勢五千が、恨みを晴らさんと、北近江の地に殺到している。

信長の残虐性を天下に知らしめた比叡山《ひえいざん》焼き討ち、長島や越前での一向一揆《いっこういっき》征討、天正伊賀《てんしょういが》の乱——すべて姉川戦の時点では、未《いま》だ起こっていない将来の出来事だ。しかしそれでも、信長の苛烈で容赦のない性格は広く喧伝《けんでん》されていた。もし、この戦いに敗れたら、裏切者の浅井家は、家の子郎党末の末までが、すべて「根絶やし」にされるだろう。

魔王信長を怒らせてしまった浅井氏にとって、姉川戦が「家の存亡を賭けた命懸けの戦《いくさ》」になった所以《ゆえん》である。

意地と恐怖の二人連れ、八千の浅井勢は、三倍の織田勢相手によく戦った。気力で圧倒していた。しかし、逆に一万余を誇る朝倉勢は、五千の徳川勢に押され続けていたのである。昼近くになって朝倉勢は、徳川勢の圧力に抗しきれなくなり、ずるずると後退し始め、やがて潰走するに至った。

それを遠望した浅井勢から、悲鳴とも呻《うめ》きともつかない絶望の声が上がった。

「嗚呼《ああ》、越前衆……頼むに足らず」

機を見た信長は、第四陣の柴田勝家《しばたかついえ》、第五陣の森可成《もりよしなり》を投入。家康は（信長が援軍として差し向けていた）稲葉一鉄《いなばいってつ》隊を浅井勢の横腹へと突っ込ませた。これにて万事休す。さしもの浅井勢も衆寡敵せず、総崩れとなった。

丑《うし》の下刻（午後十二時頃）。遠藤父子は、姉川南岸に取り残されていた。逃げ遅れた敗残の浅井衆が二百人ほど集まってきて、小さな林を仮の陣地とし、織田勢に囲まれながらも激しく抵抗していた。

ダンダンダン。ダンダンダン。

木立は浅井衆を守ってくれたが、鉄砲の弾までは防いでくれない。撃ち込まれる毎《ごと》に数人ずつ、味方は数を減らしていく。

味方の武将、三田村左衛門尉《みたむらさえもんのじょう》が、左胸を撃ち抜かれて崩れ落ちた。

「左門！」

喜右衛門が駆け寄り朋輩《ほうばい》を抱き起したが、ガクンと首が垂れた。即死である。

父は「左門、許せ」と合掌した後、なんと味方の首を切り落とし始めた。

「父上、なにをなさいます⁉」

父の振舞いに、与一郎は動転した。

「ま、思案あってのことや」

倅《せがれ》を見上げ、すでに面頬も兜もなくした血塗《ちまみ》れの顔で莞爾《かんじ》と微笑《ほほえ》んだ。

「ええか、そなたはこの場で眺めておれよ」

喜右衛門は、血の滴る朋輩の首級《しゆきゆう》の頭髪を摑んだ。左手で高々と首級を掲げ、

「浅井の重臣、三田村左衛門尉殿を討ち取ったりィ」と大音声《だいおんじよう》で呼ばわりながら、

信長の本陣目指して駆けだしたのである。織田方の振りをして信長に接近、跳びかかって刺し殺す腹と与一郎は察した。

「父上、俺もッ！」

後を追って駆けだそうとする与一郎を、背後から弁造が抱き留めた。

「若殿、『この場で眺めておれ』と殿様は御下命でした」

「あれは言葉の綾《あや》や！　手を放せ！　こらァ、主命や、放さんかい！」

「主命でも、金輪際放しまへん。後で、お手打ちにでもなんでもしとくれやす」

巨漢の弁造が担ぎ上げると、与一郎の体は軽々と浮き、足をばたつかせる様は、まるで父親に窘《たしな》められ、駄々をこねる童である。

遠望するに――喜右衛門は、首尾よく信長に肉迫したが、今少しのところで敵の馬廻衆《うままわりしゅう》に阻まれ、滅多刺しにされ絶命した。

「ええから下ろせ！　あそこで殺されとるのは俺の父やぞ！　おまいの主人やぞ！」

「ここで若殿と身共が突っ込んでも、殿様は救えまへん。次の機会を待ち、仇を討つのが上策にござる」

弁造は、与一郎を担いだまま、北へ、小谷《おだに》城の方角へと走りだした。

「父上――ッ。あほうッ、放せ弁造ッ」

と、狂ったように叫びながらも、一方で与一郎の頭は澄みちぎり、物事を冷静に捉えていた。

(こ、この戦いはなんや⁉)

浅井が、朝倉への義を通した結果はどうだ？　その朝倉が逃げだして、浅井は負けた。おそらく、滅亡の序章となるだろう。義とか忠とか、古臭い徳目に固執した者が滅びる世の中だ。「忠義専一」などと煽《おだ》てられた父は、最後まで義に殉じ、倅の目前で惨殺されて果てた。

(俺はこれから如何《いか》に生きるのか？　父のように義に殉じて滅びるのか？　世相におもねて生き永らえるのか？)

「糞《くそ》が――――ッ」

与一郎の慟哭《どうこく》が、血煙で赤く霞《かす》んだ北近江の空に、虚《むな》しく木霊した。

# 第一章　小谷城陥落

## 一

――姉川戦から三年が過ぎた。

古代よりの北国街道が、浅井氏の居城小谷城の四分の三里（約三キロ）西を南北に走っている。それを越えてさらに四分の三里往《ゆ》くと、浅井方の山本山《やまもとやま》城が小山の上に聳えていた。その向こう側はもう琵琶湖だ。

城主は阿閉貞征《あつじさだゆき》、四十過ぎの温厚な武将だ。北国街道と琵琶湖の監視を任された浅井家重臣である。取り立てた才人ではないが、体格魁偉《かいい》で膂力《りよりよく》が強く、組み打ちや相撲で後れを取った例《ためし》を聞かない。

この阿閉には、織田への内応の噂《うわさ》がある。

姉川戦以降、信長に睨《にら》まれた浅井家を見限って逐電したり、織田方に投降する者が、上は有力国衆《くにしゅう》から下は足軽小者に至るまで後を絶たない。現在の浅井家にあっては、敵への内応など珍しくないのだ。

ただ、十八歳になった遠藤与一郎にとって、阿閉の裏切りは特別の意味を持っていた。

阿閉の娘である絹《きぬ》姫と与一郎は、夫婦になる約定を交わしていたのだ。無論、この時代のこととて、色恋ではない。家と家の釣り合いで、親同士が決めた縁談だ。それでも、於絹《おきぬ》は美しく賢い女性だったし、与一郎は美男で弓の名手である。互いに憎からず想い、祝言を楽しみにしていたのだ。謂《い》わば阿閉貞征は、与一郎の将来の岳父。与一郎としては、舅《しゅうと》殿の寝返りを黙って見過ごすわけにはいかないと感じた。

「与一郎、淡路《あわじ》（阿閉貞征）に会って何とする？」

薄暗い書院の中で、小谷城主浅井長政は眉を顰《ひそ》めた。

「無論、説得します」

直垂《ひたたれ》姿の与一郎が、意気込んで答えた。天正元年（一五七三）八月七日は、新暦に直すと九月三日だ。昼間はまだまだ残暑が続いているが、こうして陽が落ちると、開け放たれた障子の向こうでは、秋の虫が鳴き始めている。

「淡路守様に、非道な織田家などに転ばぬよう掻《か》き口説きまする」

灯明《とうみょう》に揺れるよく肥えた長政の丸顔は愛嬌《あいきょう》たっぷりだ。それでいて戦場では有能且つ勇猛である。義兄の織田信長とは違い、領民にも家臣にも（ときには敵にさえ）酷《むご》い仕打ちは決してしない。華も実もある益荒男《ますらお》だ。これほどの主君を見限る者が多いことに、与一郎は士道の廃頽《はいたい》を想い、心を痛めていた。

「与一郎、山本山城は常に敵方に見張られておる。単身忍んで行くのは危険やぞ」

この三年間、小谷城は織田方との籠城戦を続けている。しかし、今は織田側の陣城《じんしろ》（臨時の拠点となる城郭。付城《つけじろ》とも）となった横山城と虎御前山砦《とらごぜんやまとりで》にいる敵兵の数は高々三千ほどに過ぎない。逃亡者が相次いでいるとはいえ、小谷城にはまだ五、六千の強兵が残っている。急先鋒の与一郎などは「こちらから攻めるべし」と度々言い立てるのだが、長政以下の城内の空気は「今は、守り専一」で微動だにしない。

「淡路が裏切ると決まったわけではない。噂だけのことやも知れんやろ」

と、長政が困ったような笑顔を与一郎に投げた。ただ、残念ながら阿閉の裏切りは確定的で、小谷城内では足軽でも知る常識となっている。

でも、なぜだ？

なぜ、有力武将の裏切りのような秘事が広く知れ渡っているのだろうか？　それは、敵が漏らすからだ。一人や二人ではない「あの重臣もこの城番《じょうばん》も、実は敵側に内応しているのだ」と城に出入りする物売りや遊女が口を揃えるから、城内は疑心暗鬼となり、味方を信じられず、結果、わずか半数の織田勢にすら攻撃をしかけられなくなっていた。

「もし淡路守様の裏切りが事実無根であれば、ニッコリ笑い、酒でも飲んで帰って参りまする」

「なるほど」

ここで長政は、腕を組んだ。家臣の意見に同意できないときの彼の癖だ。たとえ意にそぐわなくとも、頭ごなしに拒絶はしない。与一郎が長政を人としても、主君としても、深く慕う所以である。

「将来の婿の言葉なら、あるいは淡路も聞く耳を持つやも知れんな」

「御意ッ」

「ただ……」

長政はしばらく考え込んでいたが、やがて一言――

「もう、その必要はないようにも感じる」

「な、何故《なにゆえ》にございまするか⁉」

与一郎は色をなし、そして言葉を続けた。

「山本山城は、北国街道と琵琶湖を抑える要衝の地。阿閉様の裏切りはなんとしても食い止めねばなりません」

「それは、その通りだが……」

与一郎を見つめる長政の瞳が、灯明の炎を映し、揺らいで見える。心なしか寂しげだ。

（まさか殿は……諦めておいでなのか？）

愕然《がくぜん》とした。総大将として、決して長政が認めることはないだろうが、長政の目が「もういい。十分だ」と語りかけているような気がした。

（俺たちの負けは、もうすでに決まっとるんやなァ）

姉川戦の直後、浅井方の横山城は陥落し、羽柴《はしば》秀吉とかいう織田の侍大将が城番として赴任した。この秀吉がなかなかの曲者《くせもの》で、ちょこまかとよく動く。山本山城の阿閉だけではない。佐和山《さわやま》城の磯野員昌《いそのかずまさ》、宮部《みやべ》城の宮部継潤《みやべけいじゅん》、国友《くにとも》城の野《の》村直隆《むらなおたか》に辞を低くして秋波を送り、内応を迫り、すでに磯野と宮部は心情におぃて陥落しているとも聞く。しかもそれを、物売りや遊女の口を借りて、小谷城内に吹き込み、喧伝するから性質《たち》が悪い。浅井家にとっての「性質《たち》の悪い敵将」とは、織田家にとっては「名将」ということになる。現にこの秀吉も、七月には木下姓から羽柴姓への改姓が許されている。信長を支える二人の古参家老から、一文字ずつもらって付けた苗字《みようじ》だそうで、この男への信長の期待と信頼の大きさが偲《しの》ばれよう。

姉川戦からの三年間で、小谷城は多くの重臣とほとんどの支城を政治的に、非軍事的に失い、孤立無援の「裸城」にされてしまったのだ。事態がここに至っては、さらに内応者が増えるのも致し方がない、唐国《からくに》の偉い軍師は「勝ちて後、戦う」と豪語したそうだが、蓋《けだ》し、木下秀吉——否、羽柴秀吉は、まさにその体現者と言えた。

「今さら、心が離れた者を説得して何になる?」

そう考えている主君に何を伝えればいいのか。与一郎は、返す言葉を失《な》くし、只々平伏し、敬愛する主人の前を辞した。義に殉じ、朋輩の首級を手に、信長の本陣目がけて駆けだした父の笑顔が思い出された。

（父上……やれるだけのことはやり、その後は、与一郎もお側《そば》に参ります）

と、心中で呟いた。今の与一郎にとって、死は然程《さほど》に恐ろしいことでも、忌むことでもなかった。

その翌日――天正元年（一五七三）八月八日。与一郎は、郎党の武原弁造一人を伴い、山本山城を訪れていた。主人長政の許諾こそ得ていないが、独断で阿閉を掻き口説くつもりである。

小谷城から真《ま》っ直《す》ぐに来れば一里半（約六キロ）の平らかな道だが、織田方は――就中《なかんずく》秀吉という男は――必ず人の出入りを見張っているはずだ。敵に手の内をみせたくはない。そこで、元山賊の弁造に案内させ、小谷城をまだ暗いうちに発《た》ち、北側の山並を五里（約二十キロ）も迂回《うかい》してこの城に至った次第だ。

盛夏は過ぎたが、まだまだ暑い。山中の獣道を辿《たど》って五里も歩くと、汗みどろの泥だらけになってしまう。阿閉が気を利かせて、風呂と着替えを準備してくれた。身支度を整えた与一郎と弁造は、本丸の書院に通され、しばらく待つことになった。

「まさか、殺される心配はねェでしょうな」

弁造が大きな体を縮め、気味悪そうに辺りを見回した。襖《ふすま》の向こうには、抜刀した屈強な武士たちが潜んでいるのかも知れない。

「あほう。俺は淡路守様の婿やぞ」

「ただね、殿様……」

姉川戦で父が討死したので、その後、遠藤家の家督は与一郎が継いだ。「若殿」が「殿様」に昇格した形だ。十八歳となった今では、浅井家重臣遠藤家の若い当主として、軍議にも評定《ひょうじょう》にも名を連ねる。昨夜のように長政に直談判《じかだんぱん》できるようにもなった。

「祝言を挙げるまでは、赤の他人ですがな」

与一郎はほんの若造だが、同時に浅井の重臣でもある。敵側に寝返る阿閉が、手土産代わりに与一郎の首を持参したいと思うやも知れない——そんな不安を、山賊上がりの郎党が、声を潜めて呟いた。

「その時は……俺の運も器量も、その程度のものやったと諦めるさ」

「そんな」

弁造が嘆息を漏らした。

「おまいは如何《いかが》する？　なんなら、今から逃げても俺は止めんよ。恨みもせん」

「ふん、冗談でも笑えまへんな」

弁造が露骨に嫌な顔をした。

「そうなったら、身共が殿の死出のお供を致すでござるよ」

「ふん、頼りにしとるで」

「ハハハ、頼って下され」

と、己がぶ厚い胸板を拳で叩き、苦く笑った。

「お待たせ致した」

広縁に気配がし、阿閉貞征が姿を現した。嫡男の万五郎《まんごろう》貞大《さだひろ》を伴っている。万五郎は与一郎と同年齢で、浅井麾下《きか》の国衆の嫡男同士、童の頃から親しく交際してきた。謂わば竹馬の友だ。少年の頃、与一郎が山本山城を訪れると、二人はいつも琵琶湖まで馬を走らせた。夏の暑い時季などは、馬を琵琶湖の浅瀬に立ち込ませ、人馬共に脚を冷し、涼をとったものだ。

(別の気楽な用事で来たかった。万五郎殿と親しく昔語りなどしてな……)

与一郎は、今の状況を悔やんだ。

「淡路守（阿閉）様、御機嫌麗しゅうございまする。万五郎殿、久しいのう」

「与一郎殿も、息災そうでなにより」

通り一遍の挨拶を交じえた後、阿閉と与一郎は押し黙った。互いに、訪問の用件は分かっているのだが、どうも話し辛い。

「まず申しておきたいが……本日は、八月八日にござるな？」

阿閉が沈黙を破った。

「御意ッ」

「大変残念なのだが、本日をもって山本山城と阿閉党は、織田様にお仕えすることに相成った」

「つまり、浅井家を見限るということでござろうか？」

与一郎の阿閉に対する厳しい言葉に、万五郎が瞑目《めいもく》し、嘆息を漏らした。

「横山城の羽柴秀吉様を通じ、殿の……長政公の助命をお願い致す所存にござる」

（裏切るのは、長政公のお命を救うためやとでも言いたいのか？　見苦しい）

「淡路守様、もしこの山本山城が織田の手に落ちれば、織田方は必ずや小谷城の搦手《からめて》へと兵を進めまする」

小谷城への攻め手は二ヶ所だ。南の大手門と北方にある搦手の山田山口《やまだやまぐち》である。大手門側は、門前の丘陵（虎御前山）に砦を築いた秀吉が頑張って確保しているが、山田山側へは回り込めずにいる。無理に北上すると、山本山城の阿閉に背後を突かれる恐れがあるからだ——少なくとも、今日まではそうだった。謂わば、小谷城と山本山城を結ぶ東西の直線が、浅井側の防衛線となっている次第。その一点が織田側に寝返れば、防衛線は崩壊し、易々《やすやす》と織田の北上を許す事態となる。大手と搦手から同時に火のように攻め立てられ、瞬時に小谷城は陥落するだろう。

「浅井にとっての山本山城は、守りの要《かなめ》にございまする。その最重要拠点を淡路守様に委ねた主君からの信頼を、貴方様は如何にお考えでしょうか？」

「それは……」

阿閉が面《おもて》を伏せた。恥じ入っている様子だ。元々は勇猛な武辺《ぶへん》——決して心が腐った男ではない。

「私が思うに……」

押し黙ってしまった父に代わり、横から万五郎が介入した。

「今が、長政公の助命嘆願を働きかける最後の機会やと思いまする」

「万五郎殿、あの信長が、金ヶ崎の折の裏切りを不問に付すとお思いか？」

「確かに、御領地安堵《あんど》は難しいやも知れんが、せめてお命だけはお救い申し上げたい」

万五郎は、弓や乗馬の腕では、与一郎に遠く及ばない。ただ、短絡的で思考が単純な与一郎より頭は切れる。本来は、全体を広角に見渡し、正しい答えを導きだせる男なのだ。

（や、今回ばかりは万五郎殿の読みは甘い）

三年前、長政は義兄信長を裏切り、煮え湯を飲ませている。

浅井家と朝倉家は、数代にわたり強固な同盟関係にあった。敵対しがちな織田と朝倉の仲を取り持とうと、長政は献身的に動いてきたのだ。

「朝倉と浅井の紐帯《ちゆうたい》は深く、かつ強うござる。手前がかならず左衛門督《さえもんのかみ》（義景）様を説き伏せますゆえ、越前への御出兵はしばらくお待ち頂きたく」

と、幾度も伝えていたにも拘わらず、長政に無断で越前攻めを強行した信長にこそ非はある。しかし、だからといって裏切った義弟を、あの信長が不問に付すわけがない。

「長政公の助命嘆願は、失礼ながらそれがしには、淡路守様と万五郎殿の裏切りの逃げ口上にしか聞こえませぬ」

阿閉の目を覗《のぞ》き込みながら、厳しく言い放った。傍らで万五郎が腕組みをし、天井を見上げるのが目の端に映った。これは子供の頃からの万五郎の癖だ。心の動揺を糊塗《こと》したいと思えば、いつも腕を組み、空や天井を見上げた。

「逃げ口上とはまた、随分な言われようじゃな」

さすがに嫌な顔はしたが、与一郎の無礼な言葉にも、阿閉が癇癪《かんしゃく》を起こすことはなかった。

「与一郎殿は、横山城の砦番を務める羽柴秀吉殿に会われたか？」

「いえ、幾度か接触して参ったが、それがしは断固として会わなかった」

「この乱世、槍や弓で出世した武将は数知れぬが、羽柴殿は『ここ』と『ここ』で今の分限に上られた稀有《けう》なお方よ」

と、阿閉は、己が蟀谷《こめかみ》と左胸を掌《てのひら》で叩いて見せた。

「聞けば、出自は百姓とか。以前は信長公の草履《ぞうり》取りをされておられたそうな」

「なんと」

「下人《げにん》から侍大将に上った羽柴殿もお偉いが、それを許容した信長公、織田家の家風がワシは羨ましい。古い因習に捉われない、闊達《かったつ》さが好ましい」

阿閉と万五郎は、与一郎に小谷城に戻るのを止めるよう説いた。このまま山本山城に残り、己が運命を織田家に賭けてはどうかと、逆に掻き口説かれた。

「於絹のことも考えてやって下され」

「え……」

強気でまくし立てていた与一郎が、畳に視線を落とした。

「あの娘は、貴公の妻となることを強く望んでおる。於絹と祝言を挙げ、我が一門として阿閉家に仕えるもよし。望むなら羽柴殿や織田家に推挙することも可能じゃ」

「オホン」

背後で弁造が小さく咳払《せきばら》いをした。

その意味は、与一郎によく伝わった。「忠義だ」「矜持《きようじ》だ」と古風な徳目に固執せず「実利を獲《と》れ」と言っているのだ。今の阿閉の勧誘は悪い話ではない。数々の不躾《ぶしつけ》な発言にも激怒せず、辛抱強く話し合いに応じているのは、人として与一郎を認めている証《あかし》だ。敗色濃厚な浅井家に義理立てするより、阿閉や万五郎と共に、朝陽が上る勢いの織田家へ身を投じるべきと、弁造は言いたいのだ。

(あほう……それができれば苦労はないわ)

与一郎は馬鹿ではない。損得の勘定もできるし、自分のような古風な考え方が時代にそぐわないことにも、姉川での初陣以来気付いている。ただ、実利的な一生を潔しとしない何かが、自分の血の中を脈々と流れているのも事実なのだ。

北近江の地は古来、北国街道と琵琶湖の水運により、北陸と畿内を結ぶ交易の中継地として栄えてきた。人々は――武士や農民を含めて――商いに精通しており、概して数字に強く、利に敏《さと》い。その北近江に、遠藤家の先祖が移り住んだのは鎌倉期のことだ。以来三百年間、北近江坂田郡は須川の小領主として盤踞《ばんきよ》してきた。由緒正しき家系だが、周囲からは、尊敬を受けると同時に、少々「変わり者の家」とも観《み》られている。十代ほど辿れる先祖の武勇伝、自慢話と言えば、ほとんどが「義を通して損籤《そんくじ》を引いた話」ばかりだ。損をしたのが自慢――北近江人の思考としては異質である。むしろ、三河《みかわ》や甲斐《かい》や信濃《しなの》の草深い郷に、細々と息づく古色蒼然《こしよくそうぜん》たる倫理観に近い。それを嬉々《きき》として祖父や父が、幼い与一郎に語って聞かせたものだから、すっかり染まった。弁造辺りが「殿の古風は、ちと行き過ぎや」と嘆息する所以である。

「有難きお言葉ながら、それがしは浅井家と命運をともに致したく存じまする」

「与一郎殿、今は乱世じゃ」

我慢強い阿閉が、頑固な若者を説得しようと身を乗りだした。

「弱きを捨て、強きに付く……誰もがやっていること。決して武士《もののふ》の道に反することではないと思うが、どうか？」

当の長政自身が、自分を見限り、去ってゆく重臣たちに理解を示しているほどだ。与一郎がこのまま山本山城に残り、生き永らえる道を選んでも、長政や小谷城の城兵たちは、然程《さほど》には驚きも非難もしないだろう。だが――

「千古不易《せんこふえき》という言葉もござる」

背筋を伸ばした与一郎が、傲然と言い放った。背後で弁造がガックリと肩を落とすのが伝わった。

「譲れないものがあると？」

「御意ッ」

しばし沈黙が流れた。

「於絹には、なんと伝えようかのう」

途方に暮れたように、長く息を吐き、傍らの倅、万五郎を見た。

「………」

これには困った。与一郎は浅井家とともに滅びゆく身だ。己が選択だから自分はいいとしても、若い絹姫を巻き込むわけにはいかない。

「御縁はなかったものと……幾久しく御多幸を祈っておると、お伝え下され」

と、平伏するしかなかった。

阿閉と万五郎の前を辞し、中庭に面した広縁を歩いているとき、与一郎は、はたと歩みを止めた。傍らの柱の陰に、於絹が畏《かしこ》まっているのに気づいたからだ。

許婚《いいなずけ》を見上げる娘の目には、薄《うっす》らと涙が浮かんでいる。最前の書院での会話を伝え聞く暇はなかったろうから、彼女なりに察しているのだろう。

（この賢く美しい娘と夫婦になり、子を儲《もう》け、穏《おだ》かに暮らす日々が、あるいは俺にも、あったのやも知れんなァ）

そう考えると若い与一郎の胸は切なさに潰れそうになったが、かろうじて落涙は堪《こら》えた。彼は、娘に深々と頭《こうべ》を垂れ、そのまま歩み去った。

二

「兵は神速《しんそく》を尊ぶ」と言う（三国志・魏志・郭嘉《かくか》伝）。

――蓋し、名言なり。

「でかした藤吉郎《とうきちろう》（秀吉）！」

天正元年（一五七三）八月八日の阿閉貞征の寝返りを、信長は羽柴秀吉からの急使で知った。それは当日の八日夜のことである。極めて早い。岐阜城と小谷城は十二里（約四十八キロ）離れているが、秀吉は、使者をよほど急《せ》かせたものと見える。用意周到な彼のことだから、途中に伝令用の替え馬を準備していたのかも知れない。

信長は、これを「浅井を潰す好機」と捉え、その夜の内に岐阜城を出陣した。そして、翌々日の八月十日には、小谷城のすぐ目前の虎御前山砦に入っていたのである。これまた速い。当初、わずかな馬廻衆のみを率いて岐阜を発ったが、琵琶湖が見えた頃には、三万の大軍勢となっていた。十三里を、三万人で、一日半で駆け抜ける——日に八里（約三十二キロ）——相当な強行軍である。

ちなみに、大軍の行軍速度は、日に五里（約二十キロ）が通常である。古代ローマの百人隊から、戦国の諸隊、果ては二十世紀の日本陸軍までが、大体それぐらいで進んだ。大層遅いようだが、兵站《へいたん》や徒《かち》の者がいることを考えれば妥当な数字である。織田勢三万の急行が、如何に猛烈であったかが知れよう。

「どうも妙だ。信玄殿の動きが鈍い」

小谷城本丸の櫓《やぐら》から、織田の黄色い幟旗で埋め尽くされた虎御前山を眺めつつ、浅井長政が呟いた。

虎御前山は、小谷城本丸からは半里（約二キロ）南西にあるが、大手門からは五町（約五百四十五メートル）しか離れていない。大手門からの報告では、山腹には、信長の馬印である金の唐笠が掲げられているそうな。馬印のあるところに、その武将はいる。つまり現在、信長は虎御前山にいるのだ。まさに、目と鼻の先にドンと敵の本陣に居座られた格好である。

（嘗められたものよ）

長政の背後で、与一郎は臍《ほぞ》を噛んだ。

長政が連携し、あてにする武田信玄が、遠江《とおとうみ》の三方ケ原《みかたがはら》で徳川を撃破したのは去年の暮れのことだ。長政は信玄からの書状でその旨を伝えられ、小谷城内は大いに沸き返ったものである。しかしその後、年が改まって元亀四年（一五七三）に入ると、何故か武田勢は甲斐に引きあげ、ピタリと動きを止めてしまった。

実は、元亀四年四月に、信玄はすでに病死しているのだが、武田家は信玄の死を秘匿したから、長政はそれを知らない。信玄が東から信長を牽制《けんせい》してくれないことには、孤立無援の戦いを強いられることになる。長政は途方に暮れた。

姉川での敗因ともなった無様な潰走を見ても、あまり頼り甲斐はないのだが、現状唯一の同盟者たる朝倉義景へ、長政は前もって、援軍の派遣を求める書状を出していた。

意外にも義景は来た。来てくれた。

それも二万からの大軍を自ら率い、八月十日に、来援したのである。義景は、小谷城の北西、琵琶湖畔の木之本《きのもと》に本陣を置き、二千の兵を小谷城の大嶽砦《おおづく》へと入れた。

小谷城は、比高百三十丈（約四百メートル）ほどの山塊を、そのまま城域とする巨大な山城である。深く切れ込んだ清水谷《きよみずだに》を囲むように、縦十五町（約千六百メートル）、横十一町（約千二百メートル）にわたり尾根上に堅固な曲輪《くるわ》――個々に独立した砦――が点在していた。その一番北側、最深部の小谷山山頂に立つのが大嶽砦である。

現在、小谷城に籠る浅井勢の数は五千人ほど。

「一万石当たりの軍役を二百五十人」として計算すれば――浅井家の版図は、北近江六郡三十九万石だから――総動員兵数は、大体一万のはずだ。木下秀吉の調略《ちょうりゃく》により、この三年間で兵力は半減したことになる。

信長は、義景の着陣を確認すると、十日の夜、虎御前山を下り、半里（約二キロ）北上して山田山に陣を敷いた。阿閉の裏切りがこの北上を許したのだ。山田山は、木之本の義景本陣と大嶽砦の間に位置する。木之本と大嶽間の連絡は途絶した。

対策として長政は、大嶽砦の北西、小谷山の山腹にある焼尾砦《やけおとりで》に浅見対馬守《あさみつしまのかみ》を入れ、小谷山北部、搦手の守りを固めた。この策が後の伏線となった。

「とは申せ、朝倉衆が二万もきてくれた。これは頼もしゅうござる」

蟬が鳴き交わす山道をのんびり歩きながら、弁造が振り返り、後方から続く与一郎に微笑みかけた。

「浅井の五千と合わせれば、お味方は二万五千や。対する織田方は信長が率いる三万に、秀吉が率いる三千人を加えても三万三千……姉川の時よりは、兵力の差は少のうございまするぞ」

確かに、姉川戦の折は、二万九千と一万八千の不利な戦いだったのだ。今回の方が数字の上では拮抗《きっこう》している。

「そうやなァ」

左手に聳える京極丸《きょうごくまる》の土塁を見上げながら、与一郎が気のない返事をかえした。

小谷城の東の尾根には、北から山王丸《さんのうまる》、小丸《こまる》、京極丸、本丸《ほんまる》と幾つかの曲輪が南北に連なっている。

本丸には、兵五百を率いて当主長政が籠る。京極丸は、形の上では現在も近江守護職である京極高吉《たかよし》が主将だ。与一郎が、長政から命じられた配置は、今向かっている小丸で、長政の実父、浅井久政《ひさまさ》が指揮を執っていた。久政は、今年四十八歳。隠居の身だが、まだまだ若い。

「それに今回は、糞強い三河衆がおらんです。尾張衆は甲冑こそ立派やが、戦えば決して強うはない。結構やれるのと違いますか」

「どうだかなァ」

浮かない返事をすると、前を歩いていた弁造が急に歩みを止め、与一郎は、大きな硬い背中に追突した。

「あほう。急に止まるな」

夏場に山道を歩くときには、大概弁造を先に歩かせる。大男の弁造が先を往くと、露払いとなり、蜘蛛《くも》の巣が顔にかかることがないのだ。

「殿……貴方様は大将なんやから、浮かぬ面《つら》をしておられると、兵の士気に関わりますぞ」

「それもそうやが、おまいが兵力数のみを見て能天気を申すから……兵力差は縮まっても、我ら浅井は一枚岩ではない」

　と、京極丸を親指でさした。

　室町幕府の近江守護職である京極高吉は、国衆上がりの浅井家に下剋上《げこくじょう》され、現在では小谷城内で食客のような立場にある。長政以下、浅井家の面々は高吉を「お屋形様」と奉ってはいるが、所詮は飾り物に過ぎない。そんな彼に、大事な曲輪を一つ、任せてよいものだろうか。与一郎はかねがね疑問に思っている。

「しかも、お屋形様（高吉）は、信長に嫡男高次《たかつぐ》様を人質として差しだしておられる。もし、お屋形様が信長に内応すれば、小丸と本丸が分断されてしまいかねない」

　浅井父子が籠る、小丸と本丸こそが小谷城の要《かなめ》であることは言《げん》を俟《ま》たない。

「数は二万来たが、朝倉衆もあてにはならん。今回、朝倉景鏡《あさくらかげあきら》殿は来ておられぬそうや。事もあろうに、義景公の出陣要請を『疲れておる』と断ったそうな」

「ハハハ、そりゃ酷ェわ」

　弁造が呆れて笑いだした。

　景鏡は、朝倉家一門衆の筆頭者とはいえ、義景の家臣である。出陣を断るということは、軍役拒否にも等しく、御恩と奉公の武家倫理からは考えられない。

「朝倉の屋台骨は、ガタガタなんやろ」

「確かに、姉川での逃げっぷりは見事でしたものなァ」

八千で二万四千の織田勢を圧倒していた浅井衆にして見れば、一万で五千の徳川勢に押され潰走した朝倉衆は、如何にも頼りなく映ったものだ。

「お、雨か……」

与一郎が空を見上げた。その端整な目鼻を雨粒が濡らす。朝から厚い雲が垂れ込めていたが、遂《つい》に水滴が落ちて来たようだ。

どちらかと言えば、雨は籠城側に有利だ。水瓶《みずがめ》を満たせるし、井戸も涸《か》れ難くなる。土塁はぬかるんで滑り、攻城側は上り難い。さらに、坂の下の兵は上方を見上げて戦う。顔を雨が打つから見え難いし鬱陶しい。反対に坂の上の兵は、下を向き、顔を伏せて戦うので、雨に視界を妨げられない。

八月十二日の夜になると、風雨が強まり、大荒れの天気となった。籠城側は「この暴風雨の中、さすがに敵は来るまい」と高を括《くく》った。

その油断を信長が突いた。

信長は、自ら攻城隊を率いて小谷山の北麓を上り、山腹の焼尾砦《やけおとりで》を静かに囲んだ。すると、城番である浅井家重臣、浅見対馬守は即座に城門を開き、織田勢を迎え入れたという。阿閉同様、すでに羽柴秀吉の調略が効いていたのだ。本来、浅井朝倉方に有利なはずの暴風雨が、織田の奇襲隊の音と気配を消していた。隣の大嶽砦の朝倉勢は、ぐっすり寝込んでいたのではあるまいか。

焼尾砦と大嶽砦の水平距離は五町（約五百四十五メートル）、比高は三十丈（約九十メートル）ほど——焼尾砦を出た織田勢は、暴風雨下の闇を一気に駆け上った。

夢で遠雷を聞いていた。

ふと闇の中で目を開く——雷ではない。鉄砲の斉射音だ。

「弁造、起きろ！」

暗い中、与一郎は飛び起き、手探りで甲冑を身に着けた。それが可能なのは日ごろの鍛錬の賜物《たまもの》である。風雨の中、重籐弓を手に小丸の広場へと飛びだした。

「敵襲か⁉」

顔見知りの徒武者を呼び止めて質《ただ》した。

「分かりませぬ。ただ、大嶽砦の方で銃声がし、火花が見えます」

嵐の夜で月明かりも、星明かりもない。幽《かす》かな銃声の他には、発光ぐらいしか敵襲の気配はない。戦況も被害も、何も分からない。

「弁造、おまい、松明《たいまつ》なしで大嶽砦まで行けるか？」

大嶽砦は、小丸の六町（約六百五十四メートル）北西にある。尾根伝いに行けるが数ヶ所に深い堀切が穿《うが》ってあり、大変に危険だ。闇夜に松明なしで行くのなら、山賊上がりの弁造の夜目と勘働きが頼りである。

ちなみに、堀切は山城の防御施設だ。尾根伝いに侵入されるのを妨ぐため、尾根筋の一部を楔《くさび》形に深く削った空堀である。

「物見にござるな」

大男が、六角棒を小脇に抱え、鉢金を頭に巻きつけながら楽しげに呟いた。冒険、危険、荒事が大好物の弁造である。さすがは元山賊。

与一郎は、配下の足軽一人を選び、伝言を託した。

「御隠居様（浅井久政）にお伝えしてくれ。遠藤与一郎は大嶽砦に物見に向かったとな」

足軽が頷いて走り去るのを見送ってから、弁造を促し、十人ほどの手勢を率いて駆けだした。

銃声と発光を目指して、尾根筋を北へと急いだ。暗い山道を進むときの心得として、三寸（約九センチ）四方の白布を各自の具足に括りつけるようにした。白い布がヒラヒラ揺れると、闇の中でも案外見えるものだ。

山王丸を過ぎた辺りで、前方の銃声と発光は治まってしまった。大嶽砦は、闇の中に静まっている。

（どうした？）

弁造の肩で揺れる小布の動きを注意深く追いながら、与一郎は心中で訝《いぶか》しがった。

（なんぼなんでも、半刻《はんとき》〈約一時間〉やそこらで砦が落ちるとは思えない。敵が退いたのかな？）

「止まれッ。誰や⁉」

前を行く白い小布が動きを止め、弁造の声が怒鳴った。そのまた前方に誰かいるらしい。

「うら……あ、朝倉の足軽やっちゃ」

前方の闇がおずおずと答えた。

（やっちゃ？　おそらく越前訛《なま》りや）

朧《おぼろ》げだが、北国街道を南下してきた言葉か、東から不破関《ふわのせき》を通り北国脇往還をきた言葉かの区別ぐらいはつく。織田衆の「なりすまし」ではないと判断した。

「その場で答えろ。大嶽砦でなにがあった⁉」

弁造の頭越しに与一郎が質した。

「織田の夜討ちやざ」

焼尾砦の兵が寝返り、織田衆の先鋒となって「大嶽砦に押し寄せてきた」と足軽は訴えた。焼尾砦に籠っていたのは浅井衆である。足軽の声には、強い恨みがましさが感じられた。

(そこは、お互い様やろ。姉川でおまいらが逃げなけりゃ……姉川で戦うはめになる前に、おまいとこの殿様がもう少し信長と折り合いをつけとったら、そもそもこんなことにはならんで済んだんや)

朝倉の足軽は、落城のどさくさに紛れ、命からがら逃れてきたという。彼に配下の足軽二人を付け、情報を取るため久政の元へと送り、与一郎は弁造と残りの足軽たちを率い、次の堀切まで闇と雨の中を前進した。

堀切の底には、乱杭《らんぐい》などが設《しつら》えてある。城側の縁には柵もあり、簡易な陣地として使えるのだ。もし織田勢が尾根伝いに小丸や本丸を狙って進軍してくるなら、取りあえずはこの十人ほどで——完全に食い止めるのは無理でも——幾何《いくばく》かの時を稼ぐ覚悟である。

（そうこうする内に、御隠居様も、戦いの準備を整えるやろ）

しかし、織田勢が攻め込んでくることはなかった。雨の中をやって来るのは、大嶽砦から逃げてきた朝倉衆ばかりである。

四半刻《しはんとき》（約三十分）ほどして堀切を守る五十人ほどの足軽隊が到着した。指揮を執っていたのは、与一郎の幼馴染でもある片桐助佐《かたぎりすけざ》である。二人は、弘治二年（一五五六）生まれの同い年で、家も鎌倉以来の小領主だ。育った環境が似た者同士で話がよく合った。阿閉万五郎のような「尊敬し合える畏友《いゆう》」とはまた違う。遠慮会釈のない、互いに憎まれ口さえ叩き合える野良友達――そんな付き合いだ。こうして落城寸前の小谷城に残り、最後まで浅井を見限ることなく戦っているのも同じ。世渡り下手なところまで、二人はよく似ていた。一方の万五郎は、今や敵側について戦っている。ま、朋輩もそれぞれだ。

「助佐、あまりこの堀切に固執するなよ。本番の戦いは小丸と本丸やぞ」

「分かっとる。与一郎、おまいこそ短気を起こして簡単に死ぬなよ。死ぬときは殿の御前で、笑って一緒に腹を切ろう」

と、肩を叩き合って交代し、与一郎らは持場である小丸へと引き揚げた。

やがて雨は止んだ。小丸の守りを固め、久政とともに敵を待ち構えたが、敵は来ず、代わりに朝がやってきた。

夜が明け切ると、次第に戦況が明らかになってきた。

大嶽、焼尾の両砦を落とした織田勢は、わずかな守備兵を残しただけで、小谷山を下りたという。その後は、小谷山の半里（約二キロ）西方にある丁野山砦《ようのやまとりで》に攻めかかり、今も遠くから銃声が聞こえてくる。

「折角に分捕った砦を出たんか？」

と、小丸の主将である浅井久政が小首を傾《かし》げた。仮に、織田勢三万三千のうちのわずか千人でも大嶽砦に籠られると、同じ尾根続きにある小丸や京極丸や本丸の命運は風前の灯火《ともしび》となるだろう。

「つまり信長は、朝倉勢との決戦を選んだわけさ。朝倉を蹴散らせば『小谷城など一揉《も》み』と軽んじておるのだろうよ」

「御隠居様、敵がそう出たのなら、我らとしては大嶽砦、焼尾砦を奪還するのみにございまする」

与一郎はそう進言したが、久政は首を縦に振らなかった。

「備前守《びぜんのかみ》（長政）殿の下知を待たねばならぬが、ま、それはなかなかに難しい」

昨夜の大嶽砦と焼尾砦の陥落を受け、小谷城と浅井氏を見限り、逃亡する者が後を絶たないのだ。八日、十日まで五千から居た城兵は、今や半分にも満たない。ここで無理に砦の奪還を図り消耗するよりも、尾根筋にある堀切の守りを固め、残された曲輪に籠るべきだ。粘り強く籠城を続けていれば、朝倉や武田、本願寺や六角《ろっかく》が、信長の背後を突くに違いない、と久政は説いた。なるほど、それも一理ある。

その日の夜、信長は占拠した丁野山砦を出て、一里半（約六キロ）北の木之本に陣を敷く朝倉本隊に襲い掛かった。所謂《いわゆる》、田部山《たべやま》の戦いである。勢いの差がもろに出て、朝倉勢は簡単に蹴散らされ、越前へ向けて潰走を始めた。

信長は動きを止めなかった。

そのまま自ら先頭に立ち、逃げる朝倉義景をどこまでも追撃して越前国へと雪崩《な だ》れ込んだのだ。敗軍の朝倉勢に、織田勢を撥ね返す余力は残っていなかった。結局、八月二十日早朝、朝倉義景は自刃して果てた。最後は「疲れている」と出陣を拒んだ朝倉一門衆の景鏡に裏切られ、逃げ込んだ寺を彼の手勢に囲まれて腹を切った。

享年四十一。越前の名門朝倉家は事実上ここに滅びた。

# 三

八月十三日に、信長率いる織田勢の主力が、朝倉勢を追って琵琶湖畔から姿を消した後、北近江の地はしばらく平穏だった。

ただ、虎御前山には信長の嫡男、信忠《のぶただ》が居座り、睨みを利かせていたし、大嶽砦、焼尾砦、丁野山砦、山本山城などは織田方に押さえられたままだ。今や小谷城は、小丸、京極丸、本丸などに総勢千五百人ほどが立て籠るだけ——孤立無援の裸城である。

長政以下の城兵にできることは唯一つ。残った砦の守りを固め、いずれ越前から戻ってくるであろう織田勢の攻撃を凌《しの》ぎ切るしかない。久政が語るように、百に一つ、万に一つ、地の利を生かした朝倉勢が反転攻勢に出て、織田勢を壊滅させているかも知れない。武田勢が、織田の本拠地たる濃尾平野に乱入するかも知れない。本願寺や六角が小谷城に援軍を送って寄越《よこ》す可能性もなくはない。他力本願ではあっても、わずかに残った可能性を信じて、小谷城の千五百人は、最後まで戦うしかない。

八月二十六日、信長が虎御前山砦に凱旋《がいせん》した。

「え、えらい早いのう」

「一乗谷まで片道二十里（約八十キロ）はあるやろ」

これが、小谷城兵の率直な印象であった。確かに、今回の信長は神速を旨としていた節がある。往復で四十里（約百六十キロ）を駆け、その間に幾度か合戦をし、一乗谷を焼き払い、朝倉義景を切腹に追い込み、首実検をし、戦後処理を済ませ、駐留部隊を配置したはずだ。十三日から数えて、わずか十四日目の帰陣である。

信長は、軍使を長政の元へ寄越し、朝倉義景の首を挙げたこと、抵抗は無駄なので曲輪から出て降伏すべきことの二点を伝えて来た。無論、長政の答えは「否」だ。

翌八月二十七日早朝から、小谷城への総攻撃が開始された。

長政は、城兵の数が激減していること、すでに背後の大嶽砦が敵の手に落ちていることの二点から、山城全体としての抵抗を諦めており、大手門の守備にも人数をかけてはいない。敵兵を清水谷には入れても、東の尾根に連なる曲輪群を守り切り、援軍なり、状況の変化なりを待つ策だ。

与一郎は、弁造とともに、浅井久政が兵四百を率いる小丸に籠っていた。

「えい、とう、えい、とう」

曲輪から見下ろしても、敵勢の姿はハッキリとは見えない。時折深い緑の中で、白や黄色がチラチラと動く程度だ。ただ、腹の底に響くような野太い声が、西側の山麓から山腹へと木立の中を徐々に這《は》い上ってくる。数千人の屈強な男たちが挙げる鯨声《ときのこえ》には威圧感があり、それは不気味なものだった。

鯨声、鬨の声は、各家で様々に異なるが、元々は、武将が「えい（鋭・元気か）？」と問いかけ、兵卒が「おう（応・勿論《もちろん》だ）」と答える、問答形式の掛け声から始まった。死地に赴く将兵の恐怖を緩和し、味方の一体感を強め、敵側を威嚇圧倒する効果がある。また、勝利の後に凱歌として声を合わせれば、すなわち「勝鬨《かちどき》」ともなる。

「えい、とう、えい、とう」

ただ現在、小丸めがけて上ってくる声は、問答形式などではなく、兵士が個々に叫んでいるように聞こえる。進軍時の掛け声、武者押しだ。

「えい、とう、えい、とう」

よく聞けば「おう」ですらなく「とう」になっている。多少は「とう」の方が歯切れがいいようだ。後世「とう」がさらに「ほう」に変化するのかも知れない。

「秀吉は、本丸を攻めずに、まず、小丸か京極丸《ここ》を落とす肚《はら》のようやな」

声と気配が、山腹の森の中を進む方向を読み、与一郎が傍らの弁造に囁いた。

「なぜだか、分かるか？」

「なぜです？」

「本丸には奥方様とお子様方がおられる。もし流れ弾でも当たったら、秀吉は信長に叱られるやろ」

「なるほど」

本丸に籠る浅井長政の正室は、信長の妹でもある於市御寮人だ。信長が、於市を大層可愛がっているのは周知の事実である。だから秀吉は本丸を攻めない。京極丸と小丸を落とし、その上で改めて、本丸の長政に降伏を迫る肚と見た。

「秀吉も気苦労やなァ」

城は落とせ、でも、城主の家族は無事に救い出せ——難しい要求である。

与一郎は、敵の侍大将にむしろ同情して苦く笑った。

（ま、それだけ信長の信頼が篤い男なんやろ）

この三年で、秀吉に調略され、口説かれ、織田方へ寝返った浅井の有力武将は十指に余る。与一郎のところにも、浅野弥兵衛《あさのやへえ》という若い武士がやってきた。嘘か真か「自分は木下秀吉の弟にござる」と名乗り、調略に応じれば領地千貫を与えると言った。現在の遠藤家の領地は六百貫だから、悪い話ではない。勿論、丁重に断ったが。浅野は五回来てようやく諦めた。

「えい、とう、えい、とう」

武者押しの声が次第に迫ってくる。木々に隠されて見えない敵兵が、確実に上ってきている。配下の足軽の一人が、ゴクリと固唾《かたず》を飲みこんだ。

天正元年（一五七三）八月二十七日は、新暦に直せば九月二十三日である。大分涼しくはなってきたが、甲冑を着ているとまだ汗をかく。周囲の山々で生き残りの寒蟬が鳴かないのは、季節の所為《せい》ばかりではなく、戦の気配を感じているからだろう。

曲輪の周囲は、高さ十丈（約三十メートル）にわたって斜面の木々が伐採され、切り株は除去され、草までもが抜かれ、ツルツルの土の斜面が剝《む》き出しになっていた。草すら生えていないので、攻城側は手掛かりや足掛かりがなく、登坂に苦労するだろう。切り株を抜くのは、遮蔽物として使われないための心得だ。一方、上れないほどの急勾配にしていないのは、崩れ易くなるからだ。

「あ、殿ッ……あれを御覧じろ」

弁造が、二町（約二百十八メートル）南を指し示した。京極高吉が籠る京極丸に、織田家の幟旗――黄色地に永楽銭三文が染め抜かれている――が俄《にわ》かに押し立てられたのだ。

その数、およそ百流――

「な、長門守（京極高吉）様……寝返られたか……」

おそらくは、これも羽柴秀吉の仕業だろう。調略で京極高吉を内応させたのだ。高吉は小丸の主将である浅井久政の娘婿に当たるが、舅を見捨てた形だ。前夜の月は明け方近くに上った。それまでは闇夜だ。高吉は暗い中、密《ひそ》かに開門し、秀吉の手勢を城内に招き入れたものと思われた。秀吉の食えないところは、こうして小丸攻めが始まる寸前まで、京極丸陥落を秘していたことだ。小丸と本丸の城兵の落胆を最大化する妙手と言えた。

見晴らせば、東の空には極細《ごく》い月が浮かんでいる。陽が高く上れば見えなくなるはかない月だ。

（これは……三年前、姉川で見た月と一緒や）

与一郎の頭形兜《ずなりかぶと》の立物は、小ぶりな三日月である。姉川で見た明けの三日月が忘れられずに、三年前から前立としているのだ。姉川戦で初陣を飾った自分は武人として生誕し、父は討死を遂げた。十七年前、母は与一郎に命を与え、自分は命を落とした。人の生死と、明日には消え、また蘇る明けの三日月が交錯し、与一郎の心を捉えて放さない。生と死は表裏の関係にある。順番に繰り返すものだ。死を前にして絶望することも、生に慢心することもなく、淡々と生きたいと願っている。

これで、小丸と本丸との間に楔が打ち込まれた。久政、長政父子が切り離された格好だ。連絡も途絶するだろう。第一に、城兵たちの士気が下がる。

「弾込めェ」

浅井方の鉄砲大将が声を張った。赤ら顔でよく肥えた、四十絡みの男である。

浅井家は——今は風前の灯火と化しているが——北近江六郡三十九万石を領有している。五百石に一挺《いっちょう》の割で鉄砲を保有すると考えれば、浅井家の鉄砲保有数は、八百挺前後となろう。一万人いた将兵も、多くは逃げだし、今は千五百人ほどしか残っていない。逃亡者は備品である鉄砲を、給金代わりに持ち去る場合も多く、現在小谷城には半数の四百挺しか残されていない。その内の百挺が小丸に配備されていた。この百挺と赤ら顔の鉄砲大将に頑張って貰《もら》わねばならない。

「えい、とう、えい、とう」

「やめェ」

と、森の中で鋭く号令がかかり、織田勢の武者押しの声がピタリと止んだ。無論、気配はする。三千人からの荒武者が森の中に犇《ひしめ》きあい、「我こそは一番槍」「一番首は俺が」と肩を怒らせているはず。しかし、表面上は静寂だ。

しばらくすると、清水谷を挟んだ小谷山の西の尾根で、ポツポツと寒蟬《かんせん》が鳴き始めた。今年の蟬も、そろそろ最後だろう。

「火蓋切れェ」

カチカチカチ。カチカチカチ。

赤ら顔の鉄砲大将の下知が下り、鉄砲足軽たちが右手親指で火蓋を前へ押しやり、火皿に盛られた口薬《くちぐすり》を露出させた。後は引鉄《ひきがね》を引き、火鋏《ひばさみ》の先端の火縄が口薬《くちぐすり》に押し付けられれば、銃身の中で爆轟《ばくごう》が起こり、すなわち発砲となる。

「ええか、撃ち下ろしやぞ」

鉄砲大将が、銃を構えて横一列に並んだ鉄砲足軽たちの背後を、ゆっくり歩きながら声をかけている。

「弾は伸びる。半寸（約十五ミリ）だけ下を狙え」

鉄砲は、撃ち上げになると（弾がお辞儀をするので）標的のやや上を狙い、撃ち下げの場合は（弾が伸びるので）標的のやや下を狙うのが心得だ。

こんなに気落ちする状況でも尚《なお》、淡々と、普段と変わりなく己が職務をまっとうする足軽大将に、与一郎は感銘を受けたし、勇気づけられた。

その時、眼下の森の中から、一人の兜武者が奇声をあげて走り出た。日輪の前立。甲冑の威《おどし》は紫の裾濃《すそご》だ。穂先が二尺（約六十センチ）もありそうな大身の槍を提げ、小丸の土塁を駆け上がり始めた。数十騎の兜武者が、やや遅れてこれに続く。

（あの武者、一番槍を目指しておるのやろうが……城兵の士気を上げ、敵の出鼻を挫《くじ》くのに丁度《ちょうど》ええなァ）

源平の頃なら、腕に覚えの騎馬武者同士が名のり合い、一騎打ちから戦は始まったものである。双方の陣営が声援を送り、勝った方の陣営は大いに盛り上がった。

今は、戦国期である。

鉄砲と集団戦の殺伐とした戦場ではあるが、緒戦で大身槍《おおみやり》を提げた兜武者が突っ込み、重籐を構えた弓武者が一騎進み出て射倒せば——これは絵になる。鉄砲の斉射で倒す以上に、浅井側の士気は上がるはず、織田側は怯《ひる》むはず、と与一郎は考えた。

（京極丸のお返しや。一つ、派手にやっつけてやろう）

与一郎は、撃つ気満々で、今にも「放て」と号令しそうな鉄砲大将に、手を振って合図を送り、発砲を思い止まらせた。柵に幾つか設えられた攻め口を潜り、柵の外へと出た。

（ほう、高いのう）

土塁の上に立つと高度感がもの凄《すご》い。絶壁の縁に立っている印象だ。

重籐弓に征矢を番え、大きく振り絞った。鏃は例によって貫通力に優れる鑿根だ。弓は東の空に今も浮かぶ三日月のように撓《たわ》み、湾曲し、ギチギチと苦し気に呻いた。

重籐弓——黄櫨《はぜ》の芯《しん》の四方を竹材で囲み膠《にかわ》で張り付け、黒漆を塗った上から籐《とう》を巻いて補強した美しくも堅牢な弓である。長さ七尺三寸（約二百十九センチ）。遠射用の矢を使えば、最大到達距離は三町（約三百二十七メートル）に及ぶ。ただし、十間（約十八メートル）以内で射込めば、甲冑を射抜くほどの威力がある。ただし、十兜の鉢や、最近流行《はや》りの南蛮胴に関しては、よほど真正面に当てないと射抜けない。鏃が表面を滑って刺さらないのだ。

日輪の前立が、どんどん近づいてくる。ところが、射《う》てない。急峻《きゅうしゅん》な坂道を駆け上っているので、相手はどうしても顔を伏せる。坂の上から狙う与一郎からすれば、始終筋兜の鉢がこちらに向けられており、矢を射込む隙がない。

(大身の槍は、突いてよし切ってよしだが、如何せん重い。あれを振り回し、使いこなすからには、かなりの剛の者と見た。一矢《ひとや》で射殺《いころ》せず、柵に取りつかせると面倒なことになるなァ。出しゃばらずに、鉄砲隊に任せた方がよかったか?)

色々考えたが、まずは大身槍の武者に顔を上げさせることだ。

(おい、どうした、顔を上げろ。漢《おとこ》なら俯《うつむ》くな。俺になんぞ謝りたいんか?)

その刹那——大身槍の武者が草履《ぞうり》を斜面で滑らせて、バタリと片手を突いた。

(今や!)

「おい、織田信長ァ!」

ここを先途と、精一杯の大音声を張り上げた。

「ん!」

おそらくは、戦場で己が主人の名が呼ばれ驚いたのだろう。一瞬、大身槍の武者が顔を上げて与一郎を見た。意外に年嵩《としかさ》の武士だ。面頬を着けてはいるが、顔の下半分を隠す方式で、兜の目庇《まびさし》と面頬の間、両眼の部分が広く開いている。

「……成仏せェ」

ヒョウ、と放つ。

征矢は十間（約十八メートル）を飛び、武者の両眼の狭間《はざま》に、深々と突き刺さった。

「ぐえッ」

武者は目を見開いたまま、槍を落とし、両腕を大きく広げて背後にドウと倒れ、そのまま斜面を滑り落ちていった。一斉に、小丸の城兵たちから歓声が上がる。

与一郎が、柵の中へ戻ると、間髪を容れずに赤ら顔の鉄砲大将が「放て」と叫んだ。

ドンドンドン。ドンドンドン。ドンドンドン。

三十挺の斉射が、土塁に取りついていた十数名の兜武者を薙ぎ倒し、またもや跳びはねて盛り上がる小丸の将兵たち。まるで戦に勝ったような騒ぎだ。

# 四

ここで眼下の森が、ザワと動いた。

木立の中で、満を持していた三千余の羽柴勢が、森を出て、一斉に土塁の斜面を登り始めたのである。

「放てッ」

ドンドンドン。ドンドンドン。

二度目の斉射が来て、羽柴勢の先鋒は大きく算を乱したが、それでも足は止めない。続々と登ってくる。ただ、下からは鉄砲を撃ち掛けてこない。鉄砲隊を連れてきていないようだ。土塁の下から撃っても効果はないし、むしろ城門の攻撃に鉄砲を集中させているのだろう。曲輪の反対側にある城門の方からは、盛んに銃声が聞こえていた。

槍や刀が得物の城兵は、柵から出て、斜面を下って戦うことはしない。よって敵が土塁を登り切るまでは出番がない。弓や鉄砲といった飛び道具のみが攻撃の手段となる。

与一郎も、箙から矢を引き抜いては射て、番えては射て、二十四本の征矢を入れた箙が早々に空となった。

「がいっと（力一杯に）、お気張りやす」

と、一声かけて弁造が替わりの箙を差しだした。二十四本入りの箙を全部で六つ持ってきている。今日は長い一日になりそうだ。

一刻（約二時間）ほども経つ頃には、土塁を登り切り、柵に取りつく敵兵が目につき始めた。当初は柵の内から弓や鉄砲で撃ち倒していたが、それでも功名心に駆られた荒武者たちは這い上ってくる。次第に弓鉄砲が間に合わなくなり、槍や刀で突き落とし、なんとか凌いでいる。柵際での白兵戦が延々と続いた。

与一郎は弓を置き、槍を手に柵を守って奮戦していた。すでに箙二つ分の矢を射終わっている。この先、どれだけ籠城戦が続くか分からないのだから、矢を節約することにしたのだ。槍は、十字の鎌槍である。穂先の根本から鋭利な鎌が双方向に伸び、穂先全体が十文字に見える。鎌の部分で敵の槍を叩いたり、絡めたりして隙を作り、そこを突く。扱いは難しいが、使いこなせれば、頼りになる得物だ。

「右や、右！　二人、入って来よるど！」

誰かが叫んだ。見れば敵の兜武者が二人、今まさに柵を乗り越えようとしている。

「弁造⁉」

周囲を見回したが弁造の姿はない。厠《かわや》にでも行ったのだろうか。戻るのを待つ猶予はないから、与一郎は槍を手に駆けだした。城兵は誰もが、目前の敵との格闘で手が離せない。駆けつけられるのは与一郎ただ一人のようだ。

(俺一人か……兜武者二人と立ち会うのは難儀やなァ)

まずは一人だ。一人を確実に倒すことが大事だ。その間にもう一人は曲輪内に侵入するだろうが、そちらは後から片付ければいい。なにしろ、二人を同時に曲輪内に入れると連携をとられ、厄介なことになる。

取りあえず、近い方の筋兜に駆け寄った。筋兜は、丁度柵を跨《また》いだ無防備なところで、十文字槍を構えた与一郎の出現に、柵の上で大慌て——

「ま、まてッ! 暫時、待たれよ!」

「あほう、待てるかいな!」

目の端に、今一人の頭形兜が曲輪内に飛び降りるのが映った。筋兜に割く時間はない。下方から槍で刺す分には当世具足は隙だらけなのだが、刺したり受けたりの遣り取りが迂遠に感じた。槍の柄を摑まれでもしたら、目も当てられない。

与一郎は、刺すことを諦め、殴打するべく槍を振り上げた。

彼の槍は、長さが一間半（約二百七十センチ）。重さが一貫（約三・七五キログラム）強ある樫の一本材である。兜の天辺目がけて大上段から振り下ろした。

ガン。

筋兜の首がググッとめり込み、動きが止まったが——それでも落ちない。

ゴン。

今度は横に薙いで、肩の辺りを強打すると、ようやく曲輪外へと無言で転がり落ちた。

ひょっとして第一撃のときに、すでに失神していたのかも知れない。

これで頭形兜と一対一だ。しかも、敵は柵を上ったので槍を捨てている。得物は刀だけだ。ただ、戦意は旺盛らしく、すでに打刀を抜き、与一郎を迎え撃つ態勢だ。

（おまいは……ゆっくり槍の錆《さび》にしてくれる）

こちらも足を止め、十文字の鎌槍を構えた。やや腰を下げて重心を安定させる。

対する頭形兜は、刀を右下に引き、斜《はす》に構えた。左肩が与一郎の方を向く。左の当世袖がダラリと前に垂れ、腋の下の隙間を覆った。やや俯き加減で、兜の眉庇《まびさし》と当世袖の間からこちらを見上げる感じ。腰を落とし、草摺と佩楯《はいだて》が与一郎の方を向くように塩梅《あんばい》している。要は、隙が無い。槍で突くべき急所は、すべて覆い隠されている。

（こいつ、手練《てだ》れだわ）

隙を探すべく、ジリジリと動くが、相手も動く。いつも左肩をこちらへ向けている。

当世具足の泣き所は、胴から草摺をぶら下げている揺絲《ゆるぎのいと》の部分だ。そこに鉄板はないのだが、左腰には刀の鞘《さや》と、脇差が手挟んであり、どうも狙い難い。

（かなんな……）

ただ、槍と刀の勝負では、こちらが断然有利なのは間違いない。刺す場所がないなら、叩けばいいのだ。

「えいさッ」

気合を込めて一喝すると同時に、槍を振り上げ、兜の天辺《てっぺん》目がけて振り下ろした。

ガン。

二度三度と繰り返す。敵は堪《たま》らず、奇声を上げて駆け寄ってきた。刀が槍に勝機を見出《みいだ》すなら、間合いを詰めるしかない。

（貰うた！）

――注文通りだ。

与一郎は槍を頭上で素早く旋回させ、その勢いのまま石突《いしづき》の辺りで駆け寄る敵の足を払った。ドウッと倒れる。すかさず再度槍を旋回させ、胴と草摺の間を狙って穂先を深々と捻《ね》じ込んだ。

「グエッ」

刺し込んだ槍をグイと捻《ひね》り、傷を寛《くつろ》げてやると、敵は面頰の中で大吐血し、面頰の鼻や口から鮮血が溢れ出た。もう助かることはない。後は一刻も早く止めを刺し、楽にしてやるのが武人としての心得だ。

「お覚悟ッ」

槍を腹から引き抜き、穂先を横たわる敵の喉に突きつけた。

頭形兜の武者は小さく頷き、右手を弱々しく上げて拝むような仕草をした後、自ら喉垂を引き上げ、面頰の奥で目を瞑った。

「御免ッ」

喉に穂先を突き立てると、頭形兜の武者はすべての動きを止めた。

今頃気づいたが、敵の兜の前立は蔦《つた》の葉だ。この時代、まだ蔦葉の家紋は珍しい。せめて名でも訊いておくべきだった。

「と、殿……お見事にござる」

背後から、濁声《だみごえ》が聞こえた。弁造だ。

「おまい、肝心なときに、ど〜でおらんかった？」

「す、すんません」

大男が、長大な六角棒を手に肩を落としている。

「ったくもう……いかい（大層）強かったど」

と、遺体を顎でしゃくった。本当は、然程《さほど》に苦戦はしなかった。なにせ槍と刀の勝負だったのだから。ただ、心得や振舞いが立派で、倒した相手に畏敬の念を覚えたのは事実だ。

「小便か？」

「へいッ。小便でおます。許しとくれやす」

「しゃ〜ねえ〜のう」

ま、小便なら仕方ない。出るもんはしょうがない。

四つ目の箙を射終わった頃、小丸を率いる浅井久政からの呼び出しがきた。

久政から寄越された足軽は「山賊あがりの家来も連れてこい」と御隠居様から命じられたそうな。弁造は陪臣《ばいしん》であるが、巨漢の元山賊であること、美男で弓名人の与一郎といつも一緒にいることから、浅井家内では名が知られているのだ。

「与一郎、参りました」

弁造を伴い、御殿書院の広縁《ひろえん》に控えた。甲冑姿なので平伏は出来ない。せめて頭を精一杯に垂れた。久政は甲冑を脱ぎ、直垂姿で長閑《のどか》に餅を食っていた。

「食うか？」

与一郎の視線に気づいた久政が、餅を盛った高坏《たかつき》を指した。

「いえ、ただいまは満腹にございますゆえ」

と、言って遠慮したが――朝から今まで、少なくとも十人は殺している。彼らの断末魔を思い出せば、あまり食欲は湧かない。

「兵糧は三年分も蓄えておったに、この城は一年は持たんやろな」

と、座ったまま身を乗りだして苦く笑った。一年はおろか、ここ数日の勝負だろう。

「折角の兵糧を、あの信長めにくれてやるのは如何にも悔しい。与一郎、今の内に、米でも餅でも、たんと食っておけよ」

「ははッ」

ま、久政の無念も分からぬではない。城と命を奪われる上に、食い物まで獲られるのはさぞや口惜しかろう。

「実はそなたに、頼みたいことがある」

「ははッ」

「その武原と申す者は、元山賊に相違ないか？」

久政が上座から、餅を持った手で弁造を指した。

「御意ッ」

「夜道、山道、獣道は、出自からして、さぞ得意なのであろうな？」

「御意ッ」

「それは重畳……」

と、食いかけの餅を高坏に置き、懐から封書を取りだした。

「これをな、備前守（長政）殿に渡して欲しい」

「お預かり致しまする」

封書を奉って受け取った。

「ここから本丸までは、一町（約百九メートル）かそこらしか離れておらん。しかし、京極丸を預かる我が婿殿が、どうにも敵側に調略された様子でな」

ここで久政は、己が月代《さかやき》の辺りを指先で掻いた。

「父が倅に文を出すのも命懸けになってしもうたわ。困ったものじゃ」

「して、如何なる御文にございまするか？」

「それは申せん。秘密や……おい与一郎、そなた、決して開いて読むなよ」

「ただ、御隠居様……」

貴人の文を預かり、使いの者が届けるとして——その者の身分が低ければ、内容は知らされず、只々運搬の手段となって文を届けるのもいい。しかし逆に、身分ある者が届ける場合は、これは歴《れつき》とした使者であり、内容を知らされて当然だ。もし内容を知らずにいると、面目を潰すことにもなりかねない。

「そなたの申すこともよう分かる。ただな……この文の中身は私信じゃ」

「私信？」

「然様《さよう》。浅井家内々の秘め事を認めておる。倅以外には決してあかせぬ秘中の秘じゃ」

「なんと……」

「与一郎、ワシの胸中も察してくれ。このような文、そなた以外に託せる者はおらん。ほれ、この通りじゃ、頼む」

と、片手で拝まれた。最前、討ち取った兜武者からも片手で拝まれた――よくよく拝まれる日ではある。

## 五

小丸には脱出用の抜け道があった。

曲輪内から立て坑を梯子《はしご》で下り、横にしばらく坑道内を歩くと、ちょうど小丸の東櫓の下辺り、小谷山の東側山腹の深い茂みの中へと出た。

「ほう、ここに出るんか……知らんかったな」

辺りに人影のないことを確認してから、小声で呟いた。

ただ姿こそ見えないが、人の気配は確かにある。見張番のような者たちが三々五々、少人数であちこちに屯《たむろ》しているようだ。

「これではとても本丸にまで辿り着けん。ここで日が暮れるのを待とう」

与一郎が囁くと、弁造が頷いた。

坑道の中へと引き返し、二人並んで土壁にもたれて座り、日暮れを待った。

「殿、弓は持ってこられなかったので？」

「おまいこそ、六角棒なしで大丈夫か？」

坑道の中はひんやりと涼しかった。入口からの明かりがわずかに届くので薄暗い程度。微かには目が利いた。

「ま、邪魔になりますからな」

「そうや。弓も忍び歩きには向かん」

与一郎の重籐弓は、長さが七尺三寸（約二百十九センチ）もある。世界史的に見ても和弓ほどに長大な弓は存在しない。百年戦争で名を馳せた英国の長弓《ロングボウ》も、せいぜい六尺（約百八十センチ）止まりだ。和弓は長いだけに威力は抜群だが、今回のような忍び働きには向かない。その場合は、半弓を携行する手もあるが、それでも六尺三寸（約百八十九センチ）はある。相当に長い。

今宵《こよい》の主従の得物は、打刀と鎧通だけだ。甲冑も、兜や面頬、喉垂などは脱いでの軽装である。草摺が擦《こす》れて、カタカタと音を立てるのは密行には不向きだから、小札同士を縛っている。

「のう、弁造よ？」

「へい」

「この書状はなんや？」

と、己が胴の腹の辺りを軽く叩いた。久政から長政への書状は晒《さらし》で包み、胴の裏側に設えてある「物入れ」に仕舞ってある。

「御隠居様は、秘中の秘とか仰せでした」

「この落城間近の大変な折に、わざわざ俺が届けねばならんような文なのか？」

「さあ、身共には分かりかねまする」

この長政宛の手紙は、どれほど重要なものなのであろうか？　仲間とともに籠り、戦った小丸が、いつ落ちても不思議ではない状況下で、自分だけが持ち場を離れるのは、とても嫌だった。

「世の中、分からんことばかりや」

「さいですなァ」

薄暗い坑道の中、しばらく沈黙が流れた。

「殿は……」

与一郎が呟いた。

「はい？」

「長政公は、家来の扱いが寛容過ぎるのやもしれん。主家を見捨て、敵側に寝返る家臣に理解を示す……そんな主君があるものか」

「はあ……ま、色々とおありなんでしょうがね」

「なんや。おまい、声が不服そうやなァ」

「別に、不服やないけど」

「気に食わんことがあるなら、はっきりゆうてみい」

「ゆうたら、お怒りになるから」

「怒らんから、ゆうてみい」

薄闇の中で、主従はしばし睨み合った。

「さいですか。ほな、申し上げまするが……」

そもそも、長政が家臣団に過度の遠慮をするようになったのは「三年前の金ヶ崎城攻めからである」と弁造は説いた。

「金ヶ崎？　敦賀のか？」

姉川戦の二ヶ月《ふたつき》前——当時敦賀は朝倉領で、金ヶ崎に堅固な城を築き、近隣を統《す》べていた。その金ヶ崎城を織田徳川の連合軍が囲んだのだ。

「あの折、長政公は、朝倉との情誼《じょうぎ》を重んじ、信長に反旗を翻した」

「そうや。我が殿は、義のお方や」

浅井領の北近江の地は、ちょうど織田徳川勢の通り道に当たる。その浅井家に謀反を起こされ、退路を断たれた信長は、袋の鼠状態に陥った。

「あの御判断、利より義を重んじられた御判断の結果がどうなったか……姉川での朝倉勢一万は戦意に乏しく、徳川勢五千に蹴散らされ、我ら敗北の契機となり申した。要は、朝倉への義を通すとゆう長政公の御判断は、結果として間違いだったのでござる」

「それで殿様は自信をなくされ、今もって家臣に遠慮しとるとゆうんか？」

「御意ッ。この乱世で、もしなにごとかを奉じるなら、義より利であろうと、深く学ばれたのではありますまいか」

「ふん。知ったようなことを……」

と、与一郎は憎まれ口を返したが、内心では反論できずにいた。

(義を忘れ、利得が最優先される世など、生きるに値せんわ)

——正直、そうは思う。

ただ、それは与一郎の、あるいは与一郎が深く敬愛する長政の、個人的な人生観に過ぎない。主の趣味嗜好に殉じ、負ける側に立たされる家の子郎党たちは、堪ったものではあるまい。

「大将、どうせなら勝つ方についてくれ」

（誰も、そう思っとるのかなァ）

与一郎は目を瞑った。瞼に、長政公の善良そうな笑顔が浮かんだ。

（俺も長政公も、生まれる時と場所を間違えたのやも知れん）

そういえば、久政と長政の父子は、殊《こと》の外《ほか》、与一郎のことを目にかけてくれていた。

件《くだん》の姉川戦の折、命からがら小谷城に戻った敗残兵たちが、誰も彼も打ちひしがれる中、腰に敵の首三級をぶら下げて戻った与一郎を――

「兜首三級か……さすがは遠藤家嫡男、天晴《あつぱ》れな初陣よ。大手柄よ」

と、久政父子は満面の笑みで交互に抱きしめてくれた。若武者の活躍に、城内の士気は一時的に盛り上がり、当時十五歳だった与一郎も分別を働かせ、敢えて父の死を口にしなかったものだ。

利を卑しみ、義を尊ぶ似た者同士――与一郎と久政父子は、互いに相通じるものがあるのかも知れない。その点、今隣で懐から干飯《ほしい》を摑み出し、ボリボリと食っている弁造はどうだろうか。

（こいつは、義より利が好物な男や。なにせ元山賊やからなァ。俺なんぞに仕えるんやなかった、山賊のままがよかったと、思うとるんやろなァ。でも、山本山城では、俺と一緒に……死出の供が、その……）

朝からの疲れが高じ、意識がフッと途切れた。与一郎は、深い眠りに落ちた。

その弁造の夢を見た。

正確には——六年前、彼と初めて会った日の夢を見た。

武原弁造は、関ケ原近傍《きんぼう》の松尾《まつお》山に巣くう山賊の頭目だった。関ケ原は東山道と北国脇往還の分岐点で交通の要衝である。弁造は、行き交う旅人を度々襲うので、近傍の須川城を預かる亡父喜右衛門が討伐をかけたのだ。当時十二歳で、まだ初陣前だった与一郎も重籐弓を手に、馬に跨り山賊退治に同道した。

早朝、二十人からの槍武者で塒《ねぐら》を襲い、逃げる山賊どもを容赦なく突き殺した。が、巨漢が一人、素手にも拘わらず最後まで激しく抵抗、戦慣れした手練れの足軽を四人まで投げ飛ばし、二人を殴り倒した。味方が攻めあぐねているのを後方から見ていた与一郎はおもむろに弓を引き絞った。弦に番えたのは殺傷力の弱い蟇目矢《ひきめや》（鏃《やじり》のない鏑矢《かぶらや》）である。大男のあまりの豪勇ぶりに、父が「殺すな」と叫んだからだ。

ヒョウ――――ブ～ン。

放たれた矢は、唸りを上げて十間（約十八メートル）を飛び、暴れる大男の額に見事命中した。鏃が付いていないので死ぬことこそなかったが、それでも大きな衝撃だ。さしもの暴れん坊もドウと崩れ落ちた。今まで散々殴られ、怒り心頭の足軽たちが群がって、仕返しとばかりに痛めつけたのは言うまでもない。

その大男が武原弁造で、命を助ける代わりに、罪を悔い改めて、遠藤家に仕えることを誓わせたのだ。以来六年、与一郎の忠実な従者となり、傍近くに仕えてくれている。元山賊だから、格式ばったところがない。主従というよりも、兄と弟、叔父と甥のような良好な間柄だ。ちなみに、弁造の額には、与一郎の蟇目矢が当たったときの「陥没」が今もくっきりと残っている。

「殿、ね、殿……表が暗うなりましたで」

「う、うん」

弁造に肩を揺すられて覚醒した。

坑道の壁に背もたれして眠りこけていたようだ。甲冑を着けていると、横になっては寝られない。特に胴の部分は鉄板が樽《たる》のような形状になっているから、横たわると腰に胴の下部が食い込んでとても痛いのだ。ちゃんと胴を脱いでから寝るべきだが、もしそれが叶《かな》わぬなら、今の与一郎のように胡坐《こざ》し、壁や柱に背もたれして眠るのが心得だ、さもなくば、立ったまま立木などに寄り掛かって眠るべし。

二人は、坑道から薄暗くなった森の中へと這い出た。人の気配を探る——大丈夫なようだ。茂みの中を四つん這いで進んだ。例によって弁造が先で、与一郎が後である。

薄闇の中、与一郎の端整な鼻の一尺（約三十センチ）前に、弁造の雄大な尻が蠢《うごめ》くのが窺《うかが》えた。

（それにしても、いかい〈大きな〉尻や……こんな尻が放《ひ》りだす糞は、よほど巨大な代物なのやろうなァ）

この主従の紐帯は強く、いつも一緒だ。だが、さすがに弁造の糞を見たことはないし、今後も関わり合いにはなりたくなかった。

「うッ」

その弁造の尻が急に近づいた。や、動きを止めたのだ。危うく与一郎は、家来の尻に顔から突っ込むところであった。

弁造が気色ばって機敏に動き、猫のように飛びつき、押さえ込んだ。薄闇の中、弁造の巨体が足軽らしき男を組み敷いているのが見て取れた。

（て、敵や。敵の足軽と鉢合わせしたんや）

「ううう、むむむ」

苦しそうな声が漏れる。相手が大声を出さないのは、弁造が手で口を塞いでいるからに相違ない。

（弁造の両手は塞がっているはずや。となると弁造は得物を抜けない……つまり、俺が殺《や》らねばならんのか、糞ッ）

慌てて右腰の鎧通を抜いた。

もがく足軽に跳びかかり、胴から草摺を吊るしている揺絲《ゆるぎのいと》の辺りに、切先をグイッと突き立てた。

（……二つ、三つ）

ドスッ、ドスッ。

鎧通で腹を刺すときの心得は「神速で、続けて三回刺す」に尽きる。三回も深く刺せば、せめてその内の一回ぐらいは腹の太い血の管を傷つけるだろうから、敵を瞬時に無力化しうるのだ。

果たして、弁造が押さえ込んでいる足軽も動きを止めた。

「と、殿……おっきに。こ、こいつ見張りを怠けて藪《やぶ》の中で寝てたんですわ」

弁造が喘《あえ》ぎながら、与一郎に会釈した。与一郎は、横たわる足軽に身を寄せ、完全に事切れていることを確認した。

「さ、ゆくど」

血で濡れた鎧通を、死んだ足軽の具足下衣《ぐそくしたい》で丁寧に拭いながら、与一郎が弁造に囁いた。刀身の血の拭い方が雑だと、鞘の中で固まって抜けなくなる。よく拭うのは、人を刺したり、斬ったりしたときの心得だ。

織田側の見張りは、やはり目下戦闘中である小丸の下が一番数が多かった。すでに降伏した京極丸と、意識して敵が矢弾を撃ち込まないようにしている本丸の周辺には、見張りの姿は疎《まば》らである。今宵、空には月がない。漆黒の闇の中、与一郎主従は、敵と遭遇することもなく、易々と本丸へ達した。

六

「与一郎、そなた、この文を読んだのか？」

久政の書状に目を通した長政が、顔を上げて質《ただ》した。

長政の居室には、実弟の浅井政元《あざいまさもと》のみがいた。政元は長政より三歳若い。文武の道に優れ、特に内政面で兄を支えている。長政は、読み終えた書状を弟に手渡した。

兄弟は甲冑を脱ぎ、直垂姿である。主人の背後には、長政の兜「燻銀押雲前立《いぶしぎんおしくもまえだて》」と鎧「黒漆塗紺色威胴丸《くろうるしぬりこんいろおどしどうまる》」が鎮座している。

「いえ、御隠居様に固く禁じられましたゆえ」

「ほうか」

京極高吉が、自らが守る京極丸を明け渡した後、織田方は攻撃の手を小丸に集中させていた。清水谷を見下ろす小谷城の東尾根筋で、鉄砲の音がしているのは現在、小丸だけなのだ。

「その小丸が落ちれば、次にはこの本丸が囲まれよう。浅井の命運もこれまでよ。敵兵に囲まれる前に、一族の者の身の振り方を考えておけ、との父上からの書状じゃ」

と、長政は、弟が読んでいる手紙を指さした。

「まず、於市は信長殿の元へ送り返そうと思う。決して『悪《あ》しゅうはせぬ』と羽柴秀吉殿が請合ってくれた」

（また秀吉か……阿閉様も大層な入れ込みようやったが、殿も随分と信頼しておられるようやな）

与一郎自身は、内応を勧めにきた浅野弥兵衛とかいう武士の印象が、あまり良くなかったので、羽柴秀吉の印象もイマイチである。

「於市には当初『共に死ぬ』と随分泣かれたが、子供たちのこともある。今は於市も料簡《りょうけん》してくれている」

長政には現在、五人の子がいる。長男の万福丸《まんぷくまる》は十歳になった。以下、五歳の長女茶々《ちゃちゃ》、四歳の次女於初《おはつ》、それに一歳の於江《おごう》と万寿丸《まんじゅまる》である。

「茶々と於初、於江は、女子《おなご》である。さらには、三人とも於市が産んだ娘であり、信長殿から見れば姪じゃ。よって娘三人は殺されんだろう。於市と共に織田方に投降させようと思う。ま、そこまではええ」

問題は、万福丸と万寿丸の兄弟である。

憎き浅井の名を継ぐ者として、男子は悉く《ことごとく》抹殺されるだろう。二人とも信長との血縁関係がないことも痛い。

「そこで、父上が一計を講じられたのよ」

長政が身を乗りだし、声を潜めた。

「万福丸を、そなたに預けたい」

「はあ？　なぜそれがしに？」

意味がよく分からなかった。

「そなたの郎党は山賊上がりで、山道、夜道に強いらしいな」

（なるほど、そうゆうことか……）

万福丸を預かるということは、自分はこの小谷城では「死ねない」ということだ。万福丸を連れ、弁造に山道を案内させて城から落ち延びる。以降は、どこぞに潜伏し、浅井家再興の機会を待てということだろう。久政、長政、政元の父子三人は自刃して果て、最後まで小谷城に残った同志たちも、おそらくは後を追う。その中にあって、自分一人が生き残る。与一郎の古風な信条、美意識からすれば到底受け入れられない話だ。

（だから御隠居様は、書状の内容を俺に伏せたんやな）

久政は、与一郎が「嫌や、俺も一緒に死ぬ」と駄々をこねるとでも思ったのだろう。ま、事実駄々をこねたであろう。

「殿にお伺い致しまする。今一人の万寿丸君は、如何なされまするか？」

「万寿は、この五月に生まれた乳飲み子。乳母も要る。別の者に預け、城を出すつもりじゃ」

死にゆく主人から、倅を託されたのだ。古風も美意識も矜持も今は封印するしかあるまい。死ぬことはいつでもできる。今は万福丸を奉じ、落城する小谷城から脱出するのみ。

「善は急げと申す。できれば今宵の内に城を出よ」

長政の判断で、早速万福丸が呼ばれ、義母の於市に手を引かれてやってきた。

万福丸は数えで十歳。元服はまだで、前髪がある。福々しい容貌の、穏かな男児だ。側室の腹だが、出産の際に母親は命を落としたから、彼は産みの母の顔を知らない。

(そこは俺と同じか……不思議な縁《えにし》やなァ)

六年前の永禄十年(一五六七)に於市が浅井に嫁いできて以降は、彼女が義母となり慈しみ育ててきた。今では実の親子以上の親密さである。於市の隣に寄り添って座り、心細げに義母の打掛《うちかけ》の裾を摑んで放さない万福丸に、与一郎は哀れを覚えた。

「城を抜けだした後、どこに身を隠しやる？　あてでもあるのかえ？」

不安げな於市が、与一郎に質した。

「それは……」

あては確かにある。ただ、それをそのまま於市に伝えていいものだろうか。なにせ於市は、これから兄信長の城へ赴く身だ。於市が裏切る云々《うんぬん》よりも、狡猾《こうかつ》な兄から上手く情報を引きだされるのが怖い。少し迷って、長政の顔を窺った。敏感に察した長政が、大きく頷いた。

「越前の敦賀《つるが》に参ります」

即座に与一郎が答え、於市に平伏した。

「敦賀？　今は織田方の支配が及んでおろう。危険はないのか？」

「北国街道などは使わず、人目のない山地を迂回して参ります」

「与一郎の家臣がのう……」

ここで長政が介入し、妻に説明した。

「山道や間道に滅法詳しいそうな。なにせ、元は山賊なのじゃ」

「さ、山賊⁉」

於市と傍らの万福丸の顔色がサッと変わり、二人同時に長政を咎《とが》めるように睨んだ。それはそうだろう。幼子の命運を山賊に委ねるのかと思えば、顔色ぐらいは変わる。

(殿様……余計なことを)

与一郎、心中で舌打ちした。

「や、昔の話じゃ。今は……な、与一郎?」

妻子から睨まれた長政が狼狽し、慌てて与一郎に助けを求めた。

「ははッ。今は心を改めて真人間になっております。我が股肱《ここう》にございまする」

「でも、元は山賊……」

於市がボソリと呟いた。一座に冷ややかな沈黙が流れた。

「義母上《ははうえ》、山賊は人の肉を食らうと聞きました」

万福丸が、不安げに於市を見上げた。

「万福丸様、人を食らうどころか、それがし、かの者に幾度も命を救われており申す」

「恩を売って、後日、太らせてから食らうつもりなのでは?」

万福丸が執拗に食い下がった。

(こりゃ、話を変えた方がええな)

与一郎は、自分の乳母が敦賀の地侍の妻となっている旨を告げた。地侍の名を木村喜内之介《きむらきないのすけ》といい、乳母の名を紀伊《きい》ということも伝えた。

「木村の屋敷は、敦賀は衣掛山《きぬかけやま》にござる由。金ヶ崎城の一里半（約六キロ）南にござる裏の畑に猪や鹿が出るような山中の一軒家の由にて、ここにしばらく身を隠しまするる。ほとぼりが冷めた頃、次の安全な潜伏地を探りまする」

「その乳母殿は、信用が置ける御仁《ごじん》かえ？」

於市が訊ねた。

「十七年前、我が母は、それがしを産んですぐに身罷《みまか》りましてございます」

「え……」

万福丸が大きな目を見張り、与一郎を見た。与一郎も少年と目を合わせ、小さく頷いてみせた。

「生《な》さぬ仲ながら、それがしは乳母のことを、実の母とも慕い育ちましてございまする」

偶《たま》さか紀伊も同じころに、前夫との間にできた乳飲み子を病で亡くした。母を亡くした子と、子を亡くした母は、単に乳を含ませた云々の間柄に留まらず、今も深い絆で結ばれている。

万福丸が、ソッと於市の腿《もも》に手を置いた。

与一郎の告白を聞いた万福丸と於市は、自分たちの事情と話を重ねたようで、互いに感極まり、見つめ合い、涙ぐんだ。

「分かりました。与一郎殿と乳母殿との絆に、万福丸を委ねよう……当然、元山賊殿にもな」

戦国一の美貌とも称えられた美しい於市が、静かに微笑んだ。

ここで、十歳の少年の辛抱の箍《たが》が弾け飛んだ。於市の膝に突っ伏し、泣き始めたのだ。

「義母様《ははさま》と離れ離れになるのは嫌や。離れとうない」

と、泣きじゃくっている。

「万福丸……」

長政が優しく声をかけた。

「不憫《ふびん》やとは思うが、そなたは浅井家の嫡男や。嫡男には嫡男としての責務がある。そこを料簡せよ」

「……ふァい」

かろうじて治まった。居たたまれないほどの沈黙が室内に流れた。

「遠藤与一郎、殿様に一点だけ無心がございまする」

「なんや、ゆうてみい」

「万福丸様との潜伏は、長期にわたるやも知れませぬ。主従間の言葉遣いのままでは、人に聴かれて怪しまれるかと……まいてや、万福丸様とそのままお呼びするのは論外にござる」

信長は万福丸を探すだろう。十歳の子供が一人で逃げるはずはないから、家来と一緒のはずだ。与一郎と万福丸が「若殿」「与一郎」などと呼び交わしていると、ふと小耳に挟んだ者に「あるいは？」との疑義を持たれかねない。

「そこは分かる。で、どうする？」

「今この時より、浅井家再興がなる日まで、それがし、万福丸様を実の弟と思いまする。弟であれば、当然主筋に対するような言葉遣いは一切致しません」

反対に、万福丸の方も、与一郎のことは「兄上」と呼ぶことにしてもらう。

「分かった。それでよい」

長政が快諾してくれた。

「呼び名も変えよう。万福丸改め……そうさの、菊千代《きくちよ》はどうじゃ」

「菊千代にござるな……御意ッ」

と、与一郎は長政に平伏し、万福丸を窺《うかが》った。少年は涙を拭い、驚いたように少し口を開け、父と与一郎を交互に見つめている。

「よいな万福丸、そなたは今より菊千代じゃ。そしてこの与一郎のことを『兄上』と必ず呼ぶように」

「は、はいッ」

万福丸改め菊千代が、父に平伏した。


一刻（約二時間）の後には、脱出の支度が整った。

与一郎と万福丸は、伊賀袴《ばかま》に手甲脚絆《てつこうきやはん》、菅笠《すげがさ》を被った下級武士の旅装である。槍や弓は持たず、得物は打刀の大小のみだ。

一方の弁造は、時宗《じしゆう》の遊行僧《ゆぎようそう》の装束である。深編笠に錫杖《しやくじよう》を持ち、阿弥衣《あみぎぬ》に五条袈裟《ごじようげさ》を着けた。魁偉な体軀《たいく》と僧体が相俟《あいま》って、ある種の神秘的な雰囲気を醸し出している。ま、元は山賊なのだが。

三人とも干飯《ほしい》などを詰めた打飼袋《うちかいぶくろ》を腰の後ろに巻き、水を満たした竹筒と代えの草鞋《わらじ》を幾つかぶら下げた。これで準備万端整った。

弁造の目算では、伊吹山地の西部を、八里（約三十二キロ）歩けば、敦賀に着くという。行程は一泊二日ほど、子供連れであることを考慮に入れても、せいぜい二泊すれば着く。まだ山に雪はなく、然程《さほど》の危険はなさそうだ。

長政夫婦と幼い三姉妹、乳母に抱かれた万寿丸——長政一家総出で、長男の旅発ちを見送ってくれた。

「兄様……」

五歳の茶々が、泣きながら十歳の万福丸に歩み寄り、兄の小袖の袂《たもと》を摑んだ。

「茶々、泣くな……また会えるさ。必ずな」

少年が雄々しく妹を励ます姿が、大人たちの涙を誘った。

（この兄と妹が、本当に再会できるか否かは、すべて俺の覚悟にかかっとるわけやなァ）

責任がヒシと圧し掛かり、与一郎の背筋はピンと伸びた。

於市が与一郎に歩み寄った。

「文を出すときは、敦賀は衣掛山の木村喜内之介殿宛てに出すつもりじゃが、真実、妾《わらわ》が認《したた》めた書状か否かを確かめる必要もあろう。この花押《かおう》を持って参れ」

と、花押の書かれた半紙を与一郎に手渡した。この時代、女性も花押を用いた。男性のそれよりも、やや小ぶりで簡略化された花押である。

「兄信長を含め、誰にも気取られぬよう心を尽くす故、そこは妾《わらわ》を信頼してもらいたい」

「御意ッ」

「妾なりに、兄を説得してみようと思う。必ず万福丸と一緒に暮らせるよう手筈《てはず》を整えますので、それまで、この子をよしなに」

「ははッ」

と、頭を垂れた。

そして、この中でただ一人だけ、確実に死が目前に迫る人物がいた。城主の浅井長政である。万福丸が動揺するといけないので、口にこそ出さないが、与一郎は心中で今生《こんじょう》での暇乞《いとまご》いを告げ、深々と頭を下げた。

「与一郎、行け。倅のこと……頼んだぞ」

これが与一郎が聞いた、主君浅井長政の最後の言葉となった。

# 第二章　敦賀潜伏記

## 一

日付が変わり、旧暦の八月二十八日は月のない夜だった。

前をゆく弁造の深編笠が、闇の中にボウッと浮かび、ヒョコヒョコと揺れる。

それを目当てに小谷城の東斜面を下った。

夜空を見上げれば満天の星だが、森の獣道を行く足元を見れば、鼻を摘まれても分からないほどの暗さだ。与一郎は万福丸を背負っているので、もしも転ぶと大怪我をしかねない。

「弁造、止まれ」

小声で囁くと、深編笠が動きを止めた。

左後方の尾根筋からは、銃声やら鯨声やらが伝わってくる。おそらく、小丸に織田方が夜討ちをかけているのだろう。凌ぎきれればよいが。ただ、曲輪の攻略に人員を振り向けているためか、もうここまでくると、敵の見張りの気配はまったくしなかった。まずは一安心である。

「左手前方には、織田方が陣を敷く山田山があるはずでござる」

弁造が声を潜め、ここからは見えない先の地形を説明した。

「山田山には近寄りたくないな」

「ほんなら、右手に下り草野川《くさのがわ》に突き当たるまで進みましょう。草野川を上流へ遡《さかのぼ》れば、そのまま伊吹の山奥へ入っていけまする」

「よしゃ。その道で行こう」

伊吹山地は低く小ぶりな山並みが、ウネウネとどこまでも続く懐《ふところ》の深い山塊だ。与一郎も弁造の道案内がなければ――ましてやこの闇の中では――どちらに行ったら良いのやら見当もつかない。しかし、逆から言えば、織田方の探索の手も及び辛いはずだ。伊吹山地に逃げ込んでしまえば「なんとかなりそうな」予感があった。ちなみに、草野川は南へと流れ、国友郷で姉川と合流して琵琶湖へと注いでいる。

「お、おい……菊千代……眠るなよ」

「は、はい兄上……」

最前までは主従関係、今からは兄弟だと言われても、なかなか割り切れるものではない。どうしてもぎこちない会話になってしまうが、命がかかっているのも確かだ。一刻も早く慣れねばならない。菊千代は浅井家の嫡男万福丸に非《あら》ず。自分の可愛い弟だ——と、心中で幾度も繰り返した。

「兄の背に、しっかりと摑まっておるのやぞ」

「……はい」

「よし、弁造、行こう」

「へい……うッ」

弁造が返事を飲み込んだ。闇の中で与一郎の肩を叩き、後方を指さした。

「おおッ」

振り向いた先、尾根上に巨大な炎が見える。小丸だ。小丸が燃えている。

「お、お祖父《じい》さま……」

背中で菊千代が呟いた。

「なに、小丸には幾つも抜け道がある」

現に、その中の一つを通って、与一郎と弁造は本丸に忍んで来たのだから。

「あの御隠居様のことや、必ず脱出して生き延びておられようよ……な、菊千代？」

「はい……」

背中の菊千代が、消え入りそうな声で返事をした。

与一郎たちが知る由もないことだが、ちょうどその頃、炎上する小丸の一室で、御隠居様こと浅井久政は、自刃して果てていたのだ。享年四十八。

「ここで案じておっても詮無《せんな》いことや……さ、急ごう」

「へい」

と、また深編笠が闇に揺れ始めた。


暗い中、草野川と思《おぼ》しき河川に突き当たり、川岸を半里（約二キロ）ほど遡った頃、白々と夜が明け始めた。本日は曇天のようだ。日差しがない分、大汗をかかずに済むのは助かるが、湿気が多く、汗は乾かずにジメッと肌を伝わりそうだ。

先ほどから、背中の菊千代が幽《かす》かな寝息をたてている。

（眠った方がええ。眠れば嫌なことも忘れる。元気も出る）

実は、与一郎自身も大層眠いのだ。小谷城から一里（約四キロ）以上も離れ、周囲から人の気配がなくなると、張り詰めていた緊張が解《ほぐ》れ、途端に睡魔に襲われた。思えば、昨日の朝から一睡も——ま、小丸の坑道の中で半刻（約一時間）ほど転寝《うたたね》したか——あまり眠っていない。

やがて川の分岐に出た。上流へ向かって左の川を西俣谷川《にしまたたにがわ》、右の川を東俣谷川《ひがしまたたにがわ》と呼ぶそうな。鬱蒼《うっそう》たる緑が川面に覆いかぶさった渓流である。

「どちらへ行く？」

「ほな、左へ」

「わかった」

と、歩き始めようとした与一郎を弁造が制止した。

「殿、菊千代様は身共が負ぶります」

「ええよ。おまいは道案内をせえ」

「や、子供一人ぐらい背負っても、道案内はできますがな」

正直、有難いと思った。菊千代の目方は八貫（約三十キログラム）だ。当世具足は、兜から小具足までを含めてもせいぜい四貫（約十五キログラム）だから、甲冑を二領担いで山道を歩いているのに等しい。実は、相当に疲れていた。

「兄上」

「なんや？」

背中の菊千代が、自分の脚で歩くと言いだした。

「大丈夫か？」

「はい」

（まだ先も長いからな……歩かせて疲れるようなら、またその時に背負えばええ。菊千代には済まんが、歩いて貰おう）

そこから先は、菊千代を間に挟み、三人縦に並んで歩くことにした。最後尾を歩きながら、先頭の弁造の姿に違和感を覚えた。

「おい弁造、おまい……あ、頭を丸めたんか？」

深編笠の下の弁造の後頭部には、髪の毛が見当たらない。

「そら、そうですわ」

弁造は、足を止めることも、振り向くこともなく「至極当然のこと」とでも言いたげに答えた。

「身共は僧侶の体ですからな、髪がある方がおかしい。ほんでに（だから）昨夜本丸の井戸端で剃《そ》り申した」

「ほ、ほうか」

暗い間、気づかなかったのは仕方ないとしても、夜が明けてからもう一刻（約二時間）以上も歩いている。どうして今まで気づかなかったのだろうか。

「菊千代、そなた、気づいとったか？」

前を歩く「弟」に質した。

「はい。私は夜が明けて気づきました」

「あ、そう」

（俺は、何かに気をとられると、他のことが目に入らんようになる。こりゃ気をつけんと、いずれいかい〈大変な〉目にあうど）

弁造の後頭部には、おそらくは剃った折の切り傷らしきものが幾つも見受けられた。もうすでに血は固まり瘡蓋《かさぶた》になっている。

「それ、自分で剃ったんか？」

歩きながら声をかけた。

「まさか。本丸で下働きをしとる馴染みの女に剃らせましたわ」

（な、馴染みの女やと？）

弁造は意外に、女性に不自由しない性質《たち》だ。鬼瓦のような容貌の何処《どこ》がいいのか、あちこちに「馴染みの女」がいるから驚く。前に一度、女に好かれる秘訣《ひけつ》を訊いてみたことがあった。すると——

「そら、数をこなすことですわ。十人、二十人に声をかけりゃ、せめて一人、二人は引っ掛かりますよってにな」

「ほう、そんなもんかい」

「その代わり、顔がどうや、姿がどうや、年齢《とし》がどうやと、小難しいことをゆうたらあきまへんで。女子なら上等、女でありさえすれば有難い……そないな観音様にお仕えするような敬虔《けいけん》な気持ちでゆけば、そこは相手にも通じるから、ま、イチコロですがな」

「イ、イチコロかい……」

なぞと主従であほうな会話を交わした記憶がある。

その日の午後、三人は凄惨な現場に出くわした。

河原での焚火跡を囲むようにして、首のない五人分の遺体が転がっていたのだ。しかも全員が下帯や草鞋すら剝がれた全裸である。

「落武者狩りでしょうね」

「首級から下帯まで持ち去るとは、徹底しとるな」

無闇に近づくことは憚《はばか》られた。落武者狩りの一団がまだ近くにいるかも知れない。男五人を殺せるのだから、少なくとも十人以上の集団のはずだ。与一郎たちは、草叢《くさむら》に身を隠し、辺りの気配を探った。

「菊千代、そなたはここで周囲を見張っておれ。弁造と行って調べてくる。なにかあったら声を出さずに、小石を投げて報《しら》せよ」

「はい。心得ました」

少年は冷静だ。こんな場面に遭遇してもなお、動揺する様子を一切見せない。

（さすがは殿のお種や。胆《きも》が据わっていなさる。こりゃ、将来が楽しみやな）

菊千代の肩をポンと叩いた後、身を低くし、弁造と二人で焚火跡に駆け寄った。軽く合掌してから、遺体を調べ始めた。

まだ腐敗は進んでいない。一方、焚火跡は完全に冷え切っている。おそらく前夜に襲われたものだろう。五つの遺体にはすべて同じ特徴があった。足先だ。草鞋の鼻緒の跡以外の場所が、よく陽に焼けている。つまり、素足に草鞋を履いていたということだ。侍ならたとえ徒武者でも、心得として足袋ぐらいは履く。特徴はもう一つある。どの遺体の両腕も、まったく陽に焼けていない。これは籠手《こて》をはめていた証だ。すべてを勘案すると——

「五人とも、足軽と見て相違あるまい」

「然様《さよう》にございまするな」

弁造が同意して、小さく頷いた。

小谷城からの逃亡足軽か、はたまた織田家の足軽の可能性もある。いずれにせよ足軽が五人、ここで野宿をした。落武者狩りに寝込みを襲われ、武具から具足下衣、首まで奪われた。

「足軽幾人殺しても大した銭にはならん。首級も大した武功とならんし。腹が立って、草鞋まで持ち去ったんや」

「なるほど」

コツン。

小石が飛んできた。草叢を振り返れば、菊千代が川下の方を指さしている。木々と夏草に邪魔されて見えないが、多人数が川を遡ってくる気配がある。

「戻るぞ」

「へい」

二人は小走りで菊千代が待つ草叢へと戻った。草叢の背後に、さらに深い青木の群生が繁茂している。与一郎は、菊千代と弁造を促し、群生の中へと身を隠した。

やがて人の声が近づき、十数名の足軽が三名の徒武者に率いられて姿を現した。誰も旗指を背負っていないので、敵か味方か分からない。所属を隠すためというより、枝が覆い被さる森の中、立てたままでは歩き難いので、旗指をとっただけだろう。

三人の徒武者は、焚火跡と五人の遺体を調べていたが、やがて足軽たちに命じて付近を捜索し始めた。こちらにも一人、大柄な徒武者がやってきた。質素な素《す》懸威《がけおどし》の具足に、蔦の前立の兜を被っている。

「もし見つかったら、俺が食い止める」

弁造に小声で囁き、さらに続けた。

「おまいは、菊千代を連れて敦賀まで走れ」

「や、身共が残ります。殿こそ菊千代様を連れて……」

「あほう。俺がこの山中を突破できるか。必ず迷う。菊千代と二人、野垂れ死にして山犬の餌になるのがおちよ。ここは、おまいが行くしかない」

「でも……」

「弁造、主命や！」

「……へい」

「ええか。敦賀近郊の衣掛山に住む地侍の木村喜内之介殿を訪ねよ。俺の名と事情を話せば必ず力になってくれる」

「衣掛山の木村喜内之介殿ですな？」

「しッ」

徒武者がすぐそこまでやってきたのだ。青木の中の三人は息を殺した。与一郎は、腰の小刀をゆっくりと抜いた。徒武者がこちらに気づけば、瞬時に飛びかかり、喉を掻き切ってくれる。

敵は、いよいよ近づく。

（や、そもそも本当に敵か？）

誰も、帰属を表す旗指の類は背負っていないのだから。

（ま、敵やろな。もし小谷城から逃れてきた一群やとしたら、こうして落武者狩りの現場で付近を探すわけがないものな）

逃亡者なら、落武者狩りの名を聞いただけで、身を隠すか、走りだすはずだ。

ジョジョジョジョジョジョ。

徒武者は、なんと小便を始めた。

ジョロジョロジョロジョロジョロジョロ——長い小便だ。

「のお、そこの御三人……」

小便をしながら大柄な徒武者がのんびりと囁いた。

（野郎、気づいておったか……一思いに、殺《や》るか？）

と、刀を引き付け、身構えた。

「そう殺気ばらんでもええ。ワシの殿様も最近までは浅井方よ。色々あって今は織田方に寝返ったがな。お蔭《かげ》で、こうして元お味方の敗残兵狩りをやらせて頂いておるわ」

「で、俺たちをどうするつもりや？」

思い切って徒武者に訊いてみた。

「そこにおられるのは、年齢《よわい》から見て、嫡男万福丸様やとは思うが……ま、ええ。今回は見逃したるから、早よ、いね」

「お～い、与吉《よきち》、誰ぞおりそうか？」

背後から、仲間の声がした。

「いんや、誰もおらん」

小便をしながら与吉が答えた。

「大方、川を渡って、対岸の尾根でも越えたのやろう。小便が済んだらそちらを探ってみるわ」

ここで、徒武者の長い長い小便は終った。

「与吉殿とやら……」

与一郎は、衣服を直している徒武者に声をかけた。

「御恩、生涯忘れぬ」

「あほらしい……大したことはしておらんゆえ、さっさと忘れて下され」

そう言い残して、徒武者は仲間のところへ戻って行った。周辺に散らばっていた足軽たちを呼び戻し、やがて本当に、川を渡り、対岸の坂を上り始めたではないか。

与一郎は心中で合掌した後、弁造を促して敦賀への逃避行を再開した。

二

その夜は、弁造と見張りを交代しながら眠った。織田方の追跡と落武者狩りを警戒し、火は焚かなかった。この年の寒露《かんろ》は九月三日（新暦九月二十八日）で、四日後だ。いつしか寒蟬《かんせん》も鳴かなくなっている。伊吹山地は相当北国なので、焚火無しは応えたが、枯葉を掻き集め、その中に潜り込んで凌いだ。

　翌朝も先頭に立ち、渓流を遡っていた弁造が足を止めた。

「あかん……川がどん突き（突き当たり）や」

　源頭部である。琵琶湖水の最初の一滴は、ガレ場下の大岩の隙間から滴り落ちていた。

「どうする？」

「尾根に上ります」

　弁造が、ガレ場の上方を指さした。

「高いところは、目立ちはせんか？」

「迷うよりはましにござる。それに、尾根にも木は生えとります」

　と、偽坊主がニッコリ笑った。

　この時代、個人が方位磁石を持つことはまずなかった。見知らぬ山地を往く場合、陽の出、陽の入り、月の出、月の入り、あるいは、往時北辰《ほくしん》と呼ばれた北極星の位置から、凡《およ》その見当を付けて進んだ。つまり尾根に上がれば、沢筋や谷底よりは見晴らしが利き、方位を摑み易いのだ。

「尾根筋には大抵、獣道が通っており、歩き易うござる。山の獣も尾根伝いに歩けば、安全やし、楽やということを知っとるのでしょうな」

「ほう。そんなもんかい」

鞍部や切戸《きれつと》が落ち込んで、往生する箇所もなくはないが、おおむね尾根と尾根とは互いに繋がっており、いちいち谷底へ下りずに済む。尾根から尾根を辿って目的地まで行ければ、こんなに楽な山歩きはない。

健気に歩いている菊千代に配慮し、危険なガレ場を上ることは止め、木立の中を尾根を目指してゆっくり上った。

はたして、尾根歩きは快適だった。

森林限界を越えるほどの高山帯ではないから、尾根にも木々は生えていて「眺望が利く」というほどのことはない。ただ、弁造の言葉通り、尾根筋には必ず細い踏み分け道が走っており、とても歩き易かった。これらはすべて鹿や猪《いのしし》、熊や狼《おおかみ》などが歩いて踏み固めた道であるそうな。

「どうして分かる？　杣人《そまびと》や猟師が通った跡やも知れんやろ？」

「しゃがんで御覧になれば、よう分かりますわ」

三人は、その場でしゃがみ、道の先を眺めた。

「あ、洞穴《ほらあな》や」

菊千代が驚嘆の声を上げた。夏草が道の両側から深く覆いかぶさり、まるで薄暗い隧道《トンネル》のようになっている。

「立って歩く獣は、人だけですからな。四本足の獣が作った道は、どうしてもこうなりますわ」

「な、なるほど」

与一郎も納得である。ただ、つまり——この道で、熊や猪や狼に出くわす可能性もあるということだ。

「そら、なくもないでしょうなァ。本来、奴らの道なんやから」

元山賊が、こともなげに言って笑った。

尾根歩きにも、唯一欠点がある。水だ。

飲み水を汲みに、竹筒を抱えて谷底まで下らねばならない。それが大変なのだ。敦賀にもうすぐ着くのだろうが、喉は旅程とは無関係に乾くし、竹筒はあまりにも小さい。

「もうおまいは二度行ったんや。今度は俺が行く」

「殿、えろうすんまへんな」

「ええよ、ほれ、竹筒を貸せ」

三人分の竹筒を手に、急な斜面を慎重に下った。

幸い、谷底には、細々と澄んだ水が湧いていた。三本の竹筒を満たし、「さて帰ろうか」と腰を浮かしかけたとき、ガサと草が擦れる音がした。

「!」

見れば、鹿の子模様《かこもよう》に立派な角を頂いた牡鹿《おじか》だ。病でも患っているのか、足元がおぼつかなく、朦朧《もうろう》としている。前脚を大きく広げて頭を下げ、水を飲もうとした刹那、ガクリと崩れ落ちた。二、三度と身を起こそうともがいたが、やがて動かなくなった。

(死んだんか? 怪我をしとる風にも見えんけどな)

と、歩み寄った。牡鹿は目を大きく見開いたまま、完全に事切れていた。

(人も獣も死ぬ間際は一緒やなァ。ある瞬間にフッと「生き物」から単なる「物」へと変わるんや)

初陣以来、戦場で幾度となく人の死を見てきた。与一郎はまだ十八歳だが、この三年で、二十年も齢をとったような気がする。老け込んだのか、成長したのか、自分ではよく分からない。

「触るな。私の獲物や」

森の中に凛《りん》とした声が響いた。藪を分け、弓に矢を番《つが》えた小柄な人物が姿を現した。菅笠を目深に被り、濃紺の小袖に伊賀袴を穿《は》いている。弓は、おそらく半弓だろう。腰には、立派な拵《こしら》えの小刀を一本だけ佩びていた。状況からして猟師なのだろうが――腰の線、胸の膨らみを見れば明らかに女だ。若い娘だ。

「猟の邪魔をするつもりはない」

なにせ相手は、弓に矢を番えている――両掌を娘に向け、ゆっくり牡鹿から離れた。

娘は、獲物に歩み寄り、鹿の体を少し持ち上げて、折れた矢を抜き取った。角度的に与一郎からは見えなかったのだが、一筋の矢が肩の辺りに当たっていたらしい。鏃は、鋭利な柳葉《やなぎば》だ。

「その一条で、これだけの牡鹿を倒したんか？」

矢は肩先に当たっていた。これがせめて、首や頭、左胸を射抜いたなら兎《と》も角《かく》――一撃で、こんな大きな牡鹿を倒せるとは思えなかった。

「私は、腕がええからな」

娘は、弓に番えた矢を弦から外し、慣れた手つきで背中の箙に戻した。鹿から抜いた矢の鏃を清水で洗ってから懐に仕舞った。その洗い方がとても念入りなのが気になった。鏃に着いた血や泥を落とすにしては丁寧過ぎる。

「もしや、毒矢か？」

娘は俯いてしばらく黙っていたが、やがて――

「この界隈には熊や猪も多い。弓で猟をするなら、毒は欠かせんのう」

「附子《ぶし》か？」

附子は、烏兜《トリカブト》の塊根から抽出する猛毒だ。鏃に塗れば毒矢になる。弓兵にとって毒矢は禁じ手だが、一応知識だけは持つのが心得だ。

「その通りや……よう知っとるな」

と、菅笠の下から与一郎をギロリと睨んだ。

「あ……」

美しい娘だと思った。阿閉於絹の優美で淑《しと》やかな美しさとは違う。正に今、牡鹿を倒した鏃にも似た、鋭利で鮮烈な美貌だ。ただ――毒の有無はどうだろうか。

「その牡鹿、二十貫（約七十五キログラム）はあるやろ。そなた、一人で運べるのか？」

「解《ほぐ》して……」

「ほ、ほぐす？」

「ああ、鹿の体を切り分けて……幾度かに分けて運ぶ」

「それを一人でやるんか？」

「猟師やでな」

と、無表情に呟いた。与一郎も若い男である。どうしても視線が、腰から尻にかけての嫋《たお》やかな曲線を追ってしまう。

「………」

一瞬、娘と目が合った。厳しい眼差しだ。己が卑しい心底《しんてい》を見透かされたようで、与一郎は赤面し、目を逸らした。

（な、なるほど……猟師ね）

会話が続かず、気まずい沈黙が流れた。

「……敦賀は、もうじきか？」

「あんたさん、敦賀に行くんか？」

「そうや」

「言葉の感じからすれば、近江のお人やろ？　浅井様の御家中か？」

「それを訊いて、どうする？」

与一郎の言葉が急に殺気を帯びた。与一郎は主家の嫡男を奉じて逃避行をする身だ。事と次第によれば、この娘、斬り捨てねばならぬやも知れない。思わず、怖い目で娘を睨んでいるのが自分でもよく分かる。

（相手には弓矢が……それも毒矢がある。しかし、この距離だ。抜き打ちざまに斬りかかれば、矢を番える間《ま》はあるまい）

またしても気まずい沈黙が流れたが、今度は娘の方が「ま、ええわ」と一歩退いた。

「一刻半（約三時間）も歩けば敦賀の海が見えてくる。や、子供連れだと二刻（約四時間）かな」

（なぜ子供連れだと分かる？　この娘、隅に置けん。監視しておったらしい）

「ほな、仕事するざ」

そう言うと、後は与一郎を無視し、牡鹿の解体に取り掛かった。

娘と別れ、三本の竹筒を大事に抱えて尾根筋への急登《きゆうと》を上った。

「殿、如何されました？」

菊千代と並んで座り、じゃれ合って遊んでいた弁造が、怪訝な顔をして質した。

弁造の隣では菊千代も口をポカンと開け、与一郎を見上げている。

「なにがや」

「谷底でなんぞありましたんか」

「や、なんもあるかい……俺の顔に泥でもついとるんか？」

そう言って、掌で顔を拭った。

「泥はついとりませんけど。目は怒って、口元はニヤケておられまする」

隣で菊千代が盛んに頷き、相槌を打った。

「あ、あほう……さ、いくで」

猟師娘に引き続き、家来にまで心底を見透かされた。人としての修行がまだまだ足りない。与一郎は苛立《いらだ》ち、先に立って尾根筋を歩きだした。弁造と菊千代は立ち上がり、顔を見合わせ、少し肩をすぼめてから、与一郎の後を追った。当初「元山賊」と聞いて、弁造を恐れていた菊千代だが、たった一日半一緒にいただけで、二人の間の垣根は外れたようだ。

一刻（約二時間）尾根を歩くと、前方遥か彼方に海が見えてきた。元気を出してさらに一刻歩くと、敦賀の集落を見下ろす山の上に立てた。都合二刻歩いた。

まさに、娘の言葉は正確だった。

眺めると、敦賀は北を敦賀湾に、東と南と西を低い山地に囲まれた静かな郷《さと》だ。集落の北東部、敦賀湾に面した辺りから金ヶ崎城が見下ろしている。この地は今回織田方に占領されるまでは、長きにわたり朝倉家が領主であった。金ヶ崎城には朝倉家の一門衆が、敦賀郡司として赴任、この地を治めていた。

与一郎一行が、敦賀近郊、衣掛山の山中に住む地侍、木村喜内之介の屋敷に辿り着いたのは、陽が暮れた後であった。

かつて遠藤家で、与一郎の乳母を務めた紀伊は、喜内之介の後妻に納まっていた。喜内之介と紀伊の夫婦仲は良好。夫婦は、死別した前妻との間に儲けた一人娘と三人の奉公人に囲まれて穏やかに暮らしている。耕やす田畑はほんの少しで、主に山仕事を生業《なりわい》として暮らしを立てていた。

「事情はよう分かり申した。与一郎様は勿論、浅井家の若殿におかれましても、ここを御自分の屋敷と思いなし、いつまでもおって下され」

「喜内之介殿、雑作《ぞうさ》をおかけ致す。忝《かたじけな》い」

与一郎以下の三人は、内心でホッとしながら深々と頭を垂れた。もし渋い顔をされた場合、どう対処すべきか？　それ以降はどうするか？　見当もつかないでいたのだ。

紀伊は、浅井家と遠藤家が領地を失い、滅亡したと聞いて、涙を流した。

「与一郎様、今後のお心積りを、是非この乳母めにお明かし頂けませぬか？」

紀伊が遠慮がちに訊いてきた。

「この菊千代を奉じ、まずは浅井家の再興を目指す。確かな目論見《もくろみ》があるわけではないが。非力ながら動いてみようと思うとる」

「与一郎様、それもええですが、まずは十分に骨休めをなさって、元気を取り戻してからにしとくんねの」

木村家の居室で、紀伊が、昔、己が乳を含ませた若者の健康を案じた。

「お嬢様が戻られたざ」

広縁に畏まった下働きの女が、紀伊に伝えた。

「すぐに、ここへ連れてきね」

そう命じられた下女が去るのを待ち、恥ずかしげに紀伊が囁いた。

「誰に似たのか、とんでもない男勝り《おとこまさ》りで……お笑いにならないで下さいましね」

ほどなくして、広縁に控えた娘の顔を見て驚いた。

「おお、そなたはトリカブトの……」

「あれま驚いた。あんたさんの行く先は、うちゃったのやね」

喜内之介と紀伊の一人娘とは、昼に牡鹿を仕留めた女猟師だったのだ。

# 三

娘は、名を於弦《おつる》と名乗った。

如何にも弓に縁のありそうな名である。束ねていた黒髪を垂らし、娘らしい小袖に着替えると、見違えるようだ。多少は陽に焼けているが、元々容姿は優れている。なにもわざわざ男のような形《なり》をして、山野を駆け巡らずともよさそうなものだが――。

(ふん、多少の色香になんぞ、負けてなるものか。なにせこの娘は性質《たち》が悪い。毒矢を使いよる。油断はできん)

没義道《もぎどう》な戦国の世にあっても、本邦では慣習的に〝あまり〟毒矢は普及しなかった。

古《いにしえ》の養老律令《ようろうりつりよう》に於いて、四毒(附子《ぶし》、烏頭《うず》、鴆毒《ちんどく》、冶葛《やかつ》)の生産、販売、使用の厳罰化が規定され、民族的な倫理意識に「毒は、軽々に用いるべからず」と刷り込まれていた可能性がある。

ただ、勿論多少は使われた。

谷底の湧水の畔《ほとり》で於弦が言ったように、熊や猪などの大物猟には毒矢が欠かせない。忍者や野武士の不正規戦、暗殺などにおいても、重宝されたはずだ。よって、猟師の於弦が毒矢を使ったからと言って「油断ならん」「性質《たち》が悪い」と警戒するのもやり過ぎのような気がする。

つまり結局のところ、与一郎は於弦に惹《ひ》かれているのではあるまいか。心中で「於弦の色香に負けるな」とわざわざ自戒している辺りも、その証左と言えよう。

人はときに、裏腹な思いを抱くものだ。

夕餉《ゆうげ》には、於弦が昼に仕留めた鹿肉が出た。

「これ、トリカブトで仕留めた鹿であろう？　食うてもだいない（大丈夫）んか？」

「よう分からんけど……だんねェ（大丈夫）みたいですよ」

於弦によれば、毒矢が当たった箇所を抉《えぐ》って捨て、後は十分に加熱すれば、肉は普通に食えるそうな。

「しかし、毒が体中に回って初めて獣は死ぬのやないか？　矢が当たった場所だけ抉り取っても……ほんまに大丈夫か?」

なにしろ、菊千代に万が一のことがあったら大変だ。

「あんたさんの御説も分かるけど、現に毎日のように附子で獲った肉を、うらたちは食うとるのやでね……」

「ま、そうやな」

確かに、与一郎の説が正しく、トリカブトの毒が全身に回って、初めて獣が死ぬのだとすれば、そんな肉を日頃から食べている木村家の人々が無事であるはずがない。

「もう、焼けてますざ」

背肉を小さく切り分け、竹串に刺して塩を打ち、囲炉裏の灰に突き立て、遠火でゆっくり炙《あぶ》って食った。少々金臭い程度で、獣臭も薄く、肉も柔らかかった。毒が肉にまわっている気配もなかった。

「こら、美味いな」

弁造と菊千代も、ガツガツと食っている。

ただ、鹿肉は歩留まりが悪く、可食部は目方の二、三割程度であるそうな。

「ほう、十六貫(約六十キロ)の鹿でも、肉は四貫(約十五キログラム)前後しい。

か取れぬのか……厳しいのう」

「剝いだ皮は売れますし、角は薬屋が高価で買うてくれます」

所謂「鹿茸《ろくじょう》」——漢方薬の原料となる。体を温める補剤として珍重されるらしい。

ここ数日、与一郎ら三人は干飯しか食っていなかった。木村屋敷で供された田舎料理が、殊の外美味しく感じられた。

「たんと、食べてとくんねんの？」

紀伊が、与一郎たちに給仕をしながら越前言葉で笑った。

彼女は元々、関ケ原の近傍、須川城に盤踞《ばんきょ》する遠藤家に仕える武士の妻だった。子を生《な》したが死産し、ちょうど母を産褥《さんじょく》で亡くし、乳が出る女性を探していた遠藤家で与一郎の乳母となったのだ。子を失くした紀伊と、母を亡くした与一郎は、実の親子のような関係性を築いた。やがて夫とも死別し、縁を辿って敦賀の喜内之介の元に嫁いできたという次第である。

それから数日は、骨休めをした。

与一郎たち三人は、昼も夜も「食っているとき以外」は、泥のように眠った。

与一郎は十八歳、弁造も二十代半ばで体力は充溢《じゅういつ》しているのだが、戦の疲ればかりは別物だ。心身ともに疲弊し尽くす。越前に侵攻していた信長が、虎御前山に戻った八月二十六日から、ずっと戦やら山中の逃避行やらが続き、気の休まる暇もなかった。

食って寝てを繰り返した結果、三日後にようやく人心地がついた。

「あれまよかった。お顔の色が今朝は違って見えまする」

紀伊が与一郎の顔を覗きこみ、安堵した風に笑った。

「於弦？」

「はい義母様《かかさま》」

菊千代に粥《かゆ》をよそっていた於弦が、紀伊に振り向いた。

「おまい、今日は猟にでるのかえ？」

「はい、ほの積りです」

紀伊は、与一郎たちに「気散じに丁度《ちようど》ええから、於弦の狩りに同行しては？」と勧めてくれた。

「……」

それを聞いた於弦が、露骨に嫌そうな顔をして俯いた。彼女の猟は単独での忍び猟だ。幼い子供を含む素人三人——お荷物、足手まとい以外の何者でもあるまい。そこは分からぬでもないが、多少あからさまに過ぎて——

「ハハハ、この子はもう……」

遠慮会釈のない義娘《むすめ》の態度に、紀伊が慌てた。

「なあ、於弦や……」

紀伊はむしろ優しく声をかけた。ここで頭ごなしに叱らないところが、義理の母娘が上手くやる要諦なのだろう。

「この与一郎様は、弓の名人なんやぞ。十歳で飛ぶ鵯鳥《ひよどり》を射落としたほどの腕前や」

「へえ、飛ぶ鵯鳥を？　十歳で？」

於弦が、目を見張った。彼女も弓を使う。飛翔中の小禽《ことり》を弓で射落とすことが、如何に難事なのか分かっているからこその驚きだ。

「そ、征矢《そや》で射ったんか？」

娘が、身を乗りだして与一郎に質した。

「や、平根《ひらね》を使うた」

征矢で射たと、見栄を張りたい欲求に駆られたが、そこは抑えて、正直に返事をした。

ちなみに、征矢とは「戦用の矢」を意味する。征矢の鏃は「深く突き刺さる」ことを主眼とする細くて鋭い柳葉や槙葉《まきのは》、甲冑や楯を「射抜く」「破壊する」ことを主眼とした鑿根《のみね》などがある。

一方の平根は「狩り用の鏃」として使われた。鏃の腹には刃がついており「切り裂く」「射切る」ことで獲物を倒す。鏃の幅が広い分、鳥などの動きの速い小さな的を狙うのに適していた。雁俣《かりまた》、透かし鏃などがある。

「それでも凄い」

尊敬、憧れ、そして嫉妬の混じった複雑な面持ちで麗人《れいじん》が呟いた。

「私はまだ、飛ぶ小禽《ことり》に当てたことはない。そもそも、狙わないから……」

最後の言葉を言いながら唇を嚙み、悔しそうに俯いた。現役の弓兵に、負けん気を燃やすところなどを見れば、美しくはあるが、よほど向こうっ気の強い女なのだろう。ただ、素っ気なかった与一郎への態度が、鶫の話で一変したことも確かだった。

「しょうがないのう……では、あんたらも一緒に来るか？」

三人の男が嬉しそうに頷いた。

敦賀の東はどこも、伊吹山地の西端である。標高は然程《さほど》に高くないが、山は深い。尾根と沢の連なりをウネウネと繰り返しながら、千古斧鉞《せんこふえつ》を知らぬ大密林が、どこまでも続いていた。素人目にも、ここが豊穣の地であることは知れた。

「鳥や獣ばかりではなさそうですな。山菜や茸《きのこ》も、たんと獲れそうや。まさに、宝の山ですなァ、ハハハ」

菊千代を背負って先頭を歩きながら、弁造が呑気に笑った。

当初は、男勝りの於弦が先導していたのだが、山道で大男を先に歩かせると、後続者は蜘蛛の巣が顔に当たらずに済むことを与一郎が耳打ちし、彼女は即座に先頭を弁造に譲った。また、菊千代は小谷城から敦賀までの道中をほとんど一人で歩き通した。幾ら「背負おうか」と水を向けても「大丈夫、自分で歩きます」と頑《かたく》なだったのだ。

(さすがは長政公のお種、浅井家の棟梁となられるお方よ。余人に頼らぬ心意気がもの凄い。行く末が楽しみやわ)

と、与一郎をいたく感心させたものだが、その実相は、単に元山賊の弁造に背負われるのが怖かっただけのようだ。与一郎のことは信頼していたが、「与一郎はよくて弁造だけは嫌」というのも角が立つと、子供心に分別したらしい。かくて彼は必死で歩いた。今では弁造によく懐いており、そうなると「背負って」だの「疲れた」だのとまったくもって意気地がない。

(御曹司とは申せ、所詮はガキ……ま、しゃあないわなァ)

と、苦々しく思いつつ、山道を上った。

## 四

与一郎は、喜内之介から弓を借りていた。長さ七尺三寸(約二百十九センチ)の堂々とした本弓である。同じく彼から借りた箙には、いつもの征矢ではなく、平根鏃を着けた狩猟用の矢が並んでいた。矢の長さは三尺(約九十センチ)ある。ただし、与一郎の鏃には矢毒は塗っていない。

元々喜内之介は、於弦に弓を教える時、正規の本弓を使ったらしい。彼女が現在の半弓を使い始めたのは、山に入るようになってからだそうな。森の中を獣を追って走る折、少しでも短い方が取り回しが利く。

半弓とは書くが、長さは本弓の四分の三ほど、矢の長さも二尺五寸(約七十五センチ)もある。本弓と較べてやや短い程度だ。威力は然程《さほど》に変わらない。現に、弓の太さは半弓の方が若干太く作られている。長さを太さで補って、強い矢を射出す。

「於弦殿は、罠猟《わな》はされんのかいな？」

そういえば弁造は山賊時代、罠で狸《たぬき》や兎を獲り、味噌《みそ》で煮て食ったと威張っていた。

「罠は……使わない」

「どうして？」

弁造が怪訝な顔をして、於弦を振り返った。

「罠猟は獣を長く苦しませるから酷い。不憫《ごく》や」

一方、毒矢を体の中心部に射込めば、極短時間で獣は絶命すると於弦は説いた。

「矢が当たってから、どのぐらいで倒れる？」

「相手にもよるな。大きな熊、猪《しし》や鹿は多少とも時がかかる。羚羊《あおお》も頑張る。兎や狸はほぼ即死や」

「そ、即死……」

弁造の背で、菊千代が恐ろしそうに呟いた。

「熊で、どのぐらいもつ？」

与一郎が最後尾を歩きながら、前を歩く於弦に訊いた。

「よほどの大熊でも、心の臓の近辺に矢を入れれば、四半刻（約三十分）もかからん」

「四半刻……早いのか、遅いのかようわからん」

弁造が呟いた。与一郎が被せて訊いた。

「仮に四半刻やとしても、その間、熊は黙っておりゃせんやろ？　そなたに逆襲してはこんのか？」

「そら、来るな」

「熊は、矢を射込まれて、怒り心頭のはずや」

「ほやの」

「ど、どうするの？」

弁造の背中から振り返り、菊千代が興味津々で質した。

「だから、熊を射るときは姿を見せずに、物陰からこっそりと射るのが心得よ」

鉄砲と違い、矢を放っても音はしない。腕利きの猟師が、背後からこっそりと射れば、相手にこちらの居場所を悟らせないことも可能なのだ。ま、熊の嗅覚や聴覚は犬をも凌ぐが。

「毒が効いてくるまで隠れ果《おお》せれば私の勝ち。見つかれば厄介や。木に登るのもええが、熊も木登りは上手いからな。事程然様《ことほどさよう》に、熊狩りは毎度毎度、命懸けになる」

「熊、怖いのう」

思わず男三人が声を揃えた。

「でも、その分、身入りはええぞ。熊の毛皮は高うに売れるし、熊胆《くまのい》は目方当たり黄金と同じ値がつく」

「お、黄金と同じ値段？」

またもや男三人の声が揃った。

「毒はトリカブトやったな」

与一郎が、背後から質した。

「そうや」

「毒も、永遠に効き目があるわけではあるまい。もし熊に射込んで、その鏃の毒が消えていたらどうする？」

「猟に出る前には、必ず毒の効きを試すから」

「どうやって？」

「嘗めてみるのか？　ハハハ」

前を歩く弁造がチャチャを入れた。

「ちょっと待ってろ」

と、於弦は足を止め、背中の箙から一本の矢を引き抜いた。鏃の部分に、鹿皮の小袋が被せてある。彼女はその袋を慎重に取り去り、弁造に鏃を差しだした。

「指の股で、鏃を軽く挟んでみろ」

「大丈夫かい？」

「大丈夫だから、やってみろ」

弁造は恐る恐る、平根の鏃を人差指と中指で挟んだ。

「あ、ピリピリと痛む」

「それなら、この毒はまだ効くはずや」

鏃を放した弁造の指の股は、赤く腫れていた。

「よく洗うまでは、指を嘗めるなよ……死ぬぞ」

鏃に皮袋を被せながら、於弦が冷笑した。

「こ、こら弁造！　沢に下りて、手ェ洗って来い！」

弁造の指が、凶器となったままでは堪らない。

「ははッ」

菊千代を慎重に背中から下ろすと、大男は慌ただしく谷底へと下って行った。

「つまり、指に挟んで痛くなければ、その毒にもう効きめはないということなのか」

「そうや」

菊千代が、美しいが恐ろしい娘を、驚いたような目で見上げていた。

そうこうしながら歩くうち、一行は森の中のやや開けた場所に出た。渓流から上る斜面が三反（約九百坪）にわたって草地になっている。

「このヒラ（斜面）は見通しがええから、安心して兎や雉《きじ》、鹿や羚羊がよう居ついて遊んでいる。格好の猟場や」

於弦は皆を促し、斜面全体を見渡せる繁みに身を潜めた。すぐ背後を、渓流がチャラチャラと音を立てて流れている。

「ここで、獣が現れるのを待とう」

於弦が小声で囁いた。

「決して大きな声は出すな。特に、笑い声はいかん。小便も我慢せえ」

「なぜ小便を？」

弁造が訊ねた。

「臭いや。獣は人の何倍も鼻が利くからのう」

於弦がニヤリと笑った。

穏やかに晴れた初秋の一日であった。四人は、足を投げだして草の上に座り、寛いで小声で雑談した。弁造が冗談を言うと、菊千代が絶妙に切り返し、於弦は口を手で覆ってコロコロとよく笑った。

(笑う姿は、普通の女子《おなご》やけどなァ)

見回せば、沢の畔に竜胆《リンドウ》の群生があり、可憐な紫色の花たちが小刻みに揺れている。

「や、あれはリンドウやない。トリカブトや」

「え、あれが毒草か⁉」

沢筋でよくみかける、さして珍しくもない草木ではないか。

「トリカブトは性質《たち》が悪い。葉はニリンソウやヨモギに、花はリンドウによう似とる。間違えて葉を食って死ぬあほうも多い」

「葉に毒があるのか？」

「葉にも、花にも、茎にも毒はある。ただ、獣を倒すほどの猛毒は地下の塊根につまっておる。猟師は、根を潰して矢毒に使う」

「ほう」

「トリカブトは、弓を使う猟師にとって、よき相棒よ。ま、最近では、鉄砲を使う猟師も増えたがな」

於弦が、誰に言うともなく小声で呟いた。

「勿論、私は弓専一や。鉄砲なんぞドカンと一発撃てば、その谷から獲物という獲物はすべて逃げ去ってしまう。その点、弓なら……ん？」

於弦が押し黙り、一点を睨んだ。

そして、おもむろに半町（約五十五メートル）先の斜面を指さした。雉《きじ》だ。藪から姿を現した雄雉が一羽、地面を啄《ついば》んでいる。

「あれに、当てられるか？」

と、与一郎の目を見た。

娘の凜とした目は大層美しかったが、於弦が与一郎を試そうとしているのは間違いない。多少は不快だったが、「飛ぶ小禽《ことり》を弓で射落とした」と聞けば、誰でも腕を見たくなるだろう。いずれにせよ、後に退く気はなかった。

「やってみよう」

箙から平根の矢を一本抜き取り、弓に番えた。左膝を立て、中腰のまま本弓を引き絞った。この鏃には一寸（約三センチ）近い横幅がある。軽くするためか、あるいは毒を塗るためか、鏃には透かし彫りが施されていた。剣花菱《けんはなびし》の凝った文様だ。

雉は啄《ついば》みを止め、こちらを見ている。半町（約五十五メートル）離れていても、与一郎が発する殺気のようなものが漂い、雉に伝わるのかも知れない。

（おお、雉と目が合うたなァ。なかなかできん経験や）

瞬間、雉が走りだした。快足を飛ばし、森に向けてグングン駆けていく。

（正射必中……南無三！）

心中で呟き、ヒョウと放った。

一同がゴクリと固唾を飲んだ刹那、森の暗がりへと逃げ込む寸前で、雄雉の首がコロリと落ち、首を失った胴体は数歩走ってからゴロリと転がった。鏃の刃が雉の首を両断したのだ。

「やったァ！」

快哉を叫びながら、弁造と菊千代が獲物目がけて駆けだし、与一郎は藪の中に、於弦と二人きりでとり残された。

「試すようなことをして済まなかった。あんたさん……ほんまもんなんやの」

そう小声で囁き、於弦はわずかに目を伏せた。

（き、きんまい〈美しい〉……）

与一郎は、於弦の頬に右掌でソッと触れた。娘は、目を伏せたまま頬を染め、じっと動かずにいた。

「今夜は、雉鍋にござるなァ」

半町彼方で、弁造が首のない雉の死骸を掲げて叫んだ。

与一郎と於弦も立ち上がり、獲物に向けて駆けだした。

# 第三章　万福丸

## 一

それから半月が経ち、山の暮らしにも少しは慣れた。

与一郎と弁造は、出来る限り木村家の山仕事を手伝うようにしていた。客分と言えば聞こえはいいが、有り体に言えば居候《いそうろう》だ。屋敷の中で踏ん反り返ってもいられない。働くことだ。

(紀伊は俺の乳母やし、元々は遠藤家の家臣の妻。絆は強い。ただ、喜内之介は赤の他人や。俺たちへの不満が募ると、魔が差しかねん)

菊千代は正真正銘、浅井家の跡取り息子なのだ。

織田方に「畏《おそ》れながら」と申し出れば、おそらく喜内之介は褒賞に与るだろう。

上手くすれば仕官が叶うやも知れない。与一郎が見る限り、彼は誠実で善良な男だが、与一郎にしてみれば、身を挺しても守るべき菊千代の命がかかっている。少し疑り深いぐらいで丁度いい。

（俺自身は勿論やが、菊千代にも弁造にも、木村家の面々、特に喜内之介殿には、愛想よくせよ、嫌われぬようにせよと、厳しくゆうておくことにしよう）

所詮、与一郎たち三人は逃亡者なのである。世間を恐れ、人に媚び、運命におもねって生きねばなるまい。

幸い弁造は山賊上がりで山に強く、体力も抜群だ。五人の樵《きこり》を手なずけ、山賊の手下にしていたぐらいだから、杣人の扱いにも慣れていた。巨大な鉞《まさかり》（大型の斧《おの》）を担ぎ、木村家の奉公人二人を引き連れ、毎朝山へと出かけていく。まるで百年も前から、敦賀の山で働いていたような顔つきだ。

（弁造の奴は心配なかろう。あれでなかなかに知恵も回るし……問題は、俺と菊千代の方やな）

幼い菊千代は勿論、与一郎自身も弁造ほどには世慣れていない。

与一郎は、毎日出猟する於弦に従い、狩りの手伝いをしていた。弓の腕は於弦を凌ぐが、猟師としては素人だ。於弦から手際の悪さを窘《たしな》められることも多いが、なんとかやっている。それに少しは山にも慣れて、最近は失敗も叱責もめっきり少なくなってきた。

無論、於弦との仲に特段の進展はない。

浅井家滅亡、そして主人の嫡男を奉じての逃避行——この絶対の危機下に、色恋にかまけている暇などあるわけがない。

（当たり前や）

与一郎は、浮ついた己に活《かつ》を入れた。

ただ、彼が、草叢を走る雉を射たあのとき、若い二人の心は、ほんの一瞬だが、確かに触れ合ったはずだ。弓が取り持つ縁と言ったところか。しかし、女への想いに流され、大事な役目を疎《おろそ》かにするわけにはいかない。

さらには、菊千代の存在もある。

菊千代は終日、与一郎の傍を離れない。当然狩りにもついてくるから、与一郎と於弦が、山中で二人切りになることはほぼなかった。

（むしろ、これは有難い）

与一郎も男だ。前を行く於弦の伸びやかな肢体に目を奪われることも多い。もし今このとき、二人の間を幼い菊千代が歩いていなければ、与一郎は己が理性の制御に自信が持てなかった。

(俺は、長政公から菊千代を預かったのや。奥方様からも念を押された。於弦に気を向けて役目が疎かになっては一大事や)

　彼は、自分自身の恋心を封印した。

「ほれ、あそこ……」

　前を行く於弦が歩みを止め尾根筋を指さした。

　見れば木立の間から、一頭の獣がこちらを窺っている。角があり鹿のようにも見えるが、少し違う。初めて見る獣だ。

「地味な鹿やなァ」

　与一郎が応えた。短い角にモジャモジャの体毛、色は全身が黒ずんだ灰色だ。優美な鹿の印象からはほど遠い。

「鹿ではない。あれは羚羊《あお》や」

「あお？」

「羚羊《カモシカ》や」

「鹿とは別の獣なのか？」

「……」

於弦は押し黙り、与一郎の顔をマジマジと見つめた。

（あかん。なんぞ俺、拙《まず》いこと言ったかな？）

と、不安になったが、押し黙って相手を見つめるのは、於弦が考えるときの癖らしい。よく澄んだ美しい目が左右に動く。与一郎の胸の鼓動は少しだけ速くなった。

「鹿と羚羊《あお》はな……同じところと、違うところがある」

ややあって於弦が返事をした。

「角と蹄《ひづめ》があり、草や木の葉を食う。それに、どちらも胃の腑《ふ》が四つある……そんなところは鹿と羚羊はよう似ている」

「胃の腑が四つも……いっぱい食べそうやな」

与一郎と於弦に挟まれて立つ菊千代が呟いた。

「羚羊の角は鹿に比べて短く、枝分かれすることはない。雄にも雌にも角があり、鹿と違って生え変わることはない。一度折れたら、もうそのままや……その辺が違いかな」

「距離は半町（約五十五メートル）以上あるが的が大きい。当てられないこともないと思うが、射てもええか？」

と、与一郎が本弓を示して許諾を求めた。

「あんたさんが射るのは勝手やが、私は羚羊《あお》を射ようとは思わん」

「なぜ？　そなたは猟師やろ」

箙から平根鏃の矢を引き抜きながら質した。

「羚羊は好きな獣なのだ。山の獣の中では一番好きだ。だから殺さない」

「ハハハ、風采の上がらぬ獣や。どこがそんなにええ？」

妙な具合なのだが、与一郎は、於弦が「一番好きだ」と言ったことで、なぜか羚羊に強い敵愾心《てきがいしん》を感じ始めていた。相手は獣だが、これも嫉妬の一種なのだろうか。

「羚羊は群れない。孤高や。いつも山の中で一人ぼっちでおる。羚羊は、一人が好きなんや……私と似ている」

「そなたは、一人が好きなんか？」

「ああ、そうや」

於弦がジッと与一郎の目を見た。間接的に自分の想いを拒絶されたようで、与一郎は肩を落とした。

「……そう言われると、射るわけにも参らんな」

と、渋々諦めて、矢を箙に戻した。

尾根の羚羊は、与一郎たちを「危険のない人間」と見切ったのだろうか、ゆっくりと向きを変え、木立の中へと姿を消した。

「私は一人は嫌やな。寂しい。心細い。義母上様《ははうえさま》にも早う会いたい」

菊千代が於弦を見上げて言った。

「それが普通や。ボンの方が正しい。私が変なだけや」

と、優しい笑顔で菊千代の頭を撫でた。そして――

「母様にも、すぐに会えるさ」

と、付け加えた。菊千代が実に嬉しげな笑顔を返した。


この菊千代を木村家に一人置いておくことはできない。さりとて、杣の仕事は危険だから、弁造について行かせるのも心配だ。となると、自分と一緒に山に入るのが一番安全であろう。

(ま、狩りも、熊や猪が相手やと命懸けにもなるんやが、そこは身に代えても俺が守るということで……ま、どこでどう暮らしても、危険ぐらいあるわいな)

菊千代は数えで十歳だ。まだまだ幼子《おさなご》である。妹弟《きょうだい》と静かに暮らしていた小谷城を脱出し、今は父母の消息も定かではない。よほど心細いらしく、かた時も与一郎の傍から離れようとしないのだ。終いには厠にまで付いてくる。

「これ菊千代、厠に付いてきてはならん」

と、厠の前の廊下で窘めた。

「でも、兄上がいなくなるかと思うと心配です」

「俺は……や、それがしは……」

周囲を見回して、人目のないことを確認し、その場で菊千代の目と同じ高さまでしゃがみ込んだ。

「それがしは、浅井の家臣にございまする。今でこそ兄貴面しておりまするが、これは芝居。本来は万福丸様の家来にございまする。万福丸様を置いて姿を消すことなど決してございませぬゆえ、御安心のほどを」

「本当に？」

「武士に二言《にごん》はござらん」

「うん」

と、この時は頷いて少し微笑んでくれたのだが――決まって夜になると、押し黙り、俯き、大きな目から涙を流した。菊千代は我儘《わがまま》な性質《たち》の子ではない。自分が置かれた厳しい状況を、よく理解しており、駄々をこねて与一郎たちを困らせるようなことは一切なかった。ただ、むしろ「義母上様《ははうえさま》（於市）に会いたい」「父上は如何されたろうか」ぐらいは口に出してくれた方が、周囲の大人はまだ救われる。黙って、堪えて、忍び泣かれるのが一番つらい。

「どうしたものかな？」

安らかな寝息を立てる菊千代の寝顔を見守りながら、与一郎は、昼間猟場で壊した菅笠を修理していた。背後には、弁造が控えている。

「どうって……どうもなりはしませんわい」

弁造が嘆息を漏らした。

木村家で、三人は同じ部屋に寝泊まりしている。具体的には、幼い菊千代を間に「川の字」になって就寝する。大名の嫡男から元山賊まで、随分と身分差のある三人だが、万が一の場合には、傍に寝ている方が菊千代を守り易いし、逃がし易かろう。

実は、塩を買いに鳩原《はつはら》の集落に下りた紀伊が、商人から小谷城の陥落と浅井長政公自刃の話を仕入れてきたのだ。長政は実弟の政元とともに腹を切り、妻の於市は、三人の娘を連れて織田方に投降したらしい。

（殿は……）

自刃の話を聞いたときは流石《さすが》に愕然としたが、こうなるとは予《あらかじ》め分かっていたことだ。今は、主人の忘れ形見を守ることが己が役儀である。与一郎は、小谷城の方角を向いて遥拝《ようはい》を済ませると、後は気持ちを切り替えた。

「いっそ、しばらくは黙っておこうか？」

「そうも参りますまい」

菊千代に義母と妹たちの無事を伝えるのはいい。幾何《いくばく》かの希望と元気を取り戻してくれるだろう。問題は、父や叔父の死をどう伝えるかだ。

「菊千代様も男子なのやから、淡々とお伝えすべきやと身共は思いまする。いずれ知ることになるのですから、逃げ癖はつけない方がええと思いまする」

「逃げ癖か……そらいかんな」

逃げ癖、負け癖、盗み癖——人間、悪い癖の方がなぜか身に付き易い。

ただ良い報せもあった。浅井家嫡男の万福丸と次男万寿丸の行方は、今もって不明だという。織田方の探索は行き詰まっているようだ。小谷の落城は九月の一日だというから、もう二十日近く経っている。今のところ、兄弟は無事逃げ果せており、信長は難渋しているようだ。

主従の間に、しばらく沈黙が流れた。

「身共はむしろ意外にございました」

「なにがや?」

与一郎は、菅笠を直す手を止め、振り向いて弁造を見た。

「長政公の死をお知りになれば、殿は必ず錯乱されると思うとりましたから」

「あほう」

そう言って、与一郎は少し考え込んだ。庭では秋の虫たちが盛んに鳴き交わしている。

「おそらく、小谷城を発った夜、俺の中で長政公はお亡くなりになったんや。後は、この菊千代を奉じ、なんとしても浅井家を再興させるのが俺の忠義の道。長政公の自刃を知ったからと泣き喚いている暇などない。つまり、そういうことやろ?」

「御意ッ。立派なお心掛けにござる。泉下《せんか》の長政公も、さぞやお喜びにござろうよ」

弁造は神妙に頭を垂れたが、やがてまた顔を上げ、主人の背中を見つめた。

「で、菊千代様に長政公の死をお伝えする件は、如何なされまするか?」

「ま、なんぼなんでも明朝でええやろ」

「然様《さよう》ですな」

と、弁造が頷いたその時、仰臥して眠っているはずの菊千代の目から、大きな水滴が流れ落ちた。

「あ」

弾かれたように、与一郎は菅笠を放りだし、褥《しとね》から飛び降り、弁造と並んで平伏した。

「御父君の御逝去、痛《いた》み入りまする。御愁傷様にございまする」

菊千代は、瞑目したまま、小さく頷いた。

「城を枕にしての御自害……武将らしい立派なお最期にございまする」

与一郎と弁造が平伏すると、菊千代は小声で「我が父を誇りに思う」とだけ呟き、寝返りを打ち、二人に背を向けた。何故かここで——庭の虫の音が、急に高まった。床に転がる菅笠は、そろそろ修理が利かなくなる。新しい笠を都合せねばなるまい。

# 二

それからさらに半月が経った頃、与一郎の元に、岐阜の於市から文が届いた。

「だ、大丈夫かいな」

弁造が不安げに呟いた。

「文を託した者の後を、信長の隠密に尾行《つけ》られたら、この隠れ家、一発で露見《ばれ》まっせ」

「確かに、そうや」

食い入るようにして文を読みながら与一郎が答えた。

「でもな……まず大丈夫やろ。奥方様は用心深くやって下さっとる」

与一郎が、手紙から顔を上げて少し微笑んだ。

まず於市は、囮の手紙をまったく無関係な伊賀の知り合いに送り、様子を見たという。兄の信長が使いの者の後を尾行《つけ》させた気配はなかった。次に於市は、同時に十通の手紙を方々の知人に送り、その中の一通が敦賀の与一郎に届いたという次第だ。

「ほんまに奥方様の字ですのか？　誰が書いたやら分からんのでは？」

あくまでも疑り深い元山賊が、於市の書状を覗き込んだ。

「そこに抜かりはない。ほれ」

と、於市から預かった「花押の書かれた半紙」を示した。今回の書状にある花押も、明らかに同じものだ。

「ただ、万が一ゆうこともある。一応、配下の杣人どもに、もし軍勢が木村家《こ こ》に押し寄せる気配があったら、すぐに報せるようゆうておきますわ」

そう言って喜内之介が席を立った。喜内之介の息のかかった樵や炭焼きなどの杣人は、この衣掛山周辺だけでも三十人はいる。多くの目で見張り、通報が早ければ、山伝いに伊吹山地に逃げ込むことが可能だろう。

「忝《かたじけ》のうござる」

与一郎は、立ち去る喜内之介の背中に向かい、頭を垂れた。於市なりに気配りはしてくれているようだが、用心するに越したことはない。

喜内之介が足早に去った後、与一郎、弁造、紀伊、於弦の四人で囲炉裏端で頭を寄せ合い、於市の文に如何に対応するかを話し合った。

於市の文には「兄（信長）を説得した。兄は『万福丸に恨みは無し、決して悪《あ》しゅうはせぬ』と確約してくれた。兄は信じられずとも、私を信じて欲しい」と認《したた》められていた。

さらに続けて——今は亡き夫、浅井長政の忘れ形見であり、浅井家の跡取りでもある万福丸には、生《な》さぬ仲とはいえ、強い絆と愛着を感じている旨が、縷々《るる》述べられていた。

「この文を読む限り、於市御寮人様は決して嘘をゆうてはおられないと思います る」

与一郎から渡された文を読み終え、目頭を指先で拭いながら紀伊が呟いた。泣けてきたのは、於市の万福丸への思いと、自分の与一郎への想いが重なり、共感したためでもあろうか。

於弦が無表情に、涙する義母を見つめている。

確かに、それをいうなら、紀伊と於弦の間も「生さぬ仲」であるはずだ。ただ、この義母娘《おやこ》の間柄は、あまり良好ではない。紀伊の方は、義娘に大層気を使っているのだが、於弦の方が心を閉ざしているように見える。

紀伊が後妻に入ったとき、於弦はすでに十歳になっていた。一方、与一郎は生まれてすぐ紀伊の乳を吸ったし、万福丸が於市と初めて会ったのはわずか四歳の頃だ。その辺の歳勘定が、母子の感情面に微妙な差異をもたらしているのかも知れない。

「奥方様の言葉に嘘はない。於市様は信頼に値する。俺もそこは同意する」

与一郎が、紀伊に頷いて見せた。

「ただな、信長はどうやろ？　義理の息子を案ずる妹の心につけこみ、欺き、浅井の若君二人をまんまと誘いだそうとの悪だくみ……疑えば、そうゆう見方もできよう」

「………」

紀伊は俯き、黙り込んでしまった。明らかに紀伊の考えは甘い。危うい。

「一つだけ言えることは……」

弁造が話に割って入った。

「信長の奴は、敦賀に我々が潜伏していることをまだ知らない。これは確かにございましょうな」

「そうや。そこや」

与一郎が、弁造に同意した。

「もし信長が知れば、すぐにもこの屋敷に軍勢が押し寄せてくる。殺すつもりか生かすつもりかはまだ分からぬが、取りあえず菊千代の身を押さえにくるはずや。文の慎重な送り様を見ても、奥方様は、菊千代の居場所を兄に告げてはおらん」

「つまり於市様とやらは……一方で兄の善意を信じ、その一方では兄を警戒しているとゆうことか」

於弦が初めて口を開いた。

「そうや。迷っておいでなんや」

於市の文には「直接、岐阜城に万福丸を同道せよ」とは一切書いていない。城番として小谷城に入っている羽柴秀吉は「心利いたる者」ゆえ、彼に相談し「万福丸を委ねよ」とある。この文面からは、兄の信長には不安があるが、秀吉ならば「上手くやってくれるに相違ない」と於市が考えていることが伝わってくる。

「羽柴様とは、どなた？」

紀伊が不安げに質した。

「織田家の武将や。足軽以下の小者から始めて、侍大将にまで伸《の》し上がった出頭人よ」

「大層な豪傑なのでしょうね？」

「それが五尺（約百五十センチ）に満たぬ小男らしい」

「あれま」

戦国期は、たいがい敵の首級の数で出世が決まった。体軀《たいく》に恵まれない秀吉が、ここまで出世できたのは、その気働き、勘働きが抜群であったからに他ならない。

ただ、それらは、人の首のように目で見ることはできない。貢献の査定が難しい。もしこれが他の大名家であれば、家内の武辺衆から不平が相次ぎ、秀吉の人事は紛糾していたに相違ない。前例や因習に捉われることなく、家の為に働いた者は評価される——織田家の風通しのよさ、闊達《かったつ》さを物語る証と言えよう。

「小谷城が落ちるときも、秀吉の名はあちこちで聞いたな」

と、与一郎が呟き、弁造を見ると、大男が渋い面持ちで頷いた。

行く先々で「あの城番は秀吉に籠絡された」「あの重臣《おとな》も秀吉に口説かれ寝返った」と耳にしたものだ。秀吉は、槍や鉄砲を使わずに、知恵働きだけでジワジワと小谷城を締め付け、気づけば、与一郎を含め、算盤勘定《そろばんかんじょう》の苦手な頑固者千五百人ほどが、幾つかの曲輪に取り残されるだけとなっていた。

（羽柴秀吉……どんな奴ちゃ。機会があれば、一度見てみたくもある）

与一郎は、心中で立志伝中の猿顔をした小男を想像して微笑んだ。小谷落城は一ヶ月《ひとつき》前のことだが、もう大昔のような気もするし、つい昨日のような気もしないではない。

「秀吉は、敵にすれば忌々《いまいま》しいほどに性質《たち》の悪い相手だが、味方にすれば、これほど頼もしい奴もおらん。於市様は、秀吉の知恵に期待しておられるのやろな」

「ただ」

弁造が異を唱えた。

「ほぼ負け戦と決まった浅井衆を口説くのと、憎き浅井の根絶やしを目論む魔王信長を説得するのとは違う。あまり、秀吉の力量を信頼し過ぎるのも如何なものかと……」

「そらそうやな。買い被り過ぎも危うい。そこでだな……」

与一郎が話を続けた。

「ま、於市様と秀吉は我らが味方だとしてもさ、ここは万全を期し『万福丸君は急な病で死んだ』と書いて送るのはどうやろうか」

与一郎は以前から考えていた策を披露して見せた。

たとえ於市や秀吉は信用するにしても、傍にいる信長は信用できない。

「菊千代様はすでに亡くなられた、なるほどね。信長も取り付く島がなかろう」

紀伊と弁造が賛成してくれた。与一郎は於弦を見た。彼女も幽《かす》かに頷いた。意を強くした彼は早速、於市に「万福丸はすでに亡くなった」と書いて送った。

ところが折り返し、於市から返事が届いたのである。返書には「渋る兄信長から起請文《きしようもん》を獲った」と嬉しげに認められており――

「浅井万福丸儀、幼い童に罪はなし。酷い仕打ちは致さぬ　　信長」

と、豪快に揮毫《きごう》された起請文が同封してあった。

（折角ついた俺の嘘、全く信用されなかったようやな……）

少しだけ落胆した。書き送った「万福丸は病死した」の一文は完全に無視されていた。ま、見え見えな嘘だから、これは仕方ない。

起請文とは、神仏に誓約する形を採った約定書だ。厄除けの護符である牛王宝《ごおうほう》印《いん》を押した上質な料紙《りようし》に認《したた》められた。この約定を破ると、神仏の罰が、誓約した者に当たるという。

「これは……於市様の大手柄や。起請文を差しだしたからには、信長公も違背《いはい》はできませんでしょう」

紀伊が相好《そうごう》を崩した。

「ただ、信長は自ら『第六天魔王』なんぞと名乗る罰当たりな男。神罰仏罰《しんばつぶつばち》など恐れましょうか？　起請文など、気安く書き放題なのでは？」

疑り深い元山賊が反論した。

なにしろ菊千代の命がかかっている。結局、大事をとって、もう一度だけ「万福丸は、すでに亡くなった」と書いて於市に返信することにして、一座は散会した。

余談だが、信長が自ら「第六天魔王」と署名した文章は残されていない。宣教師ルイス・フロイスが「武田信玄への返書に、第六天魔王信長と署名した」と記している伝聞があるのみである。

その日の午後、与一郎が、於市への返信を書いているところへ、菊千代が広縁を駆けてきて、ペタリと傍らに座った。

「兄上、なにをしておいでですか？」

「見た通りや。書状を書いておる」

と、菊千代に微笑みかけた与一郎の顔が凍り付いた。菊千代が、与一郎のことを憤怒《ふんぬ》の表情を露《あら》わに睨んでいる。

「ど、どないした？」

「私は、義母上様《ははうえさま》にお会いしたい。一刻も早うお会いしたい」

「菊千代……そなた……」

「私は菊千代ではない。浅井万福丸である！」

決然と言い放った。与一郎と菊千代は兄弟――との芝居を止める意思表示だ。

（まずいな、これは）

とは思ったが、仕方がない。浅井家当主の長政公は死に、万福丸はその嫡男だ。形の上で彼は今や浅井家の当主である。与一郎の主人だ。

「万福丸様、畏れ入りましてございまする」

褥から下りて、膝でにじって後方へ下がり、床板に額を擦り付けた。

「それは、義母上様《ははうえさま》に出す文だな？」

文机《ふづくえ》上の書きかけの巻紙を指さした。

「見せてみい」

と、手紙を奪い取ろうとするので咄嗟に巻紙を摑み、くしゃくしゃに丸めて懐に入れた。嘘も方便とはいえ、なにせ「万福丸は死んだ」と書いてあるのだから、当人に読ませることは憚《はばか》られたのだ。

「遠藤与一郎！　主人が『我が義母《はは》に出す手紙か』と聞いておるのやぞ！」

十歳の少年が吼《ほ》えた――仕方がない。

「はい。奥方様に出す書状にございまする」

と、平伏した。誤魔化しは利かないようだ。

(どうやら紀伊あたりから、於市様と書状の遣り取りをしている旨を聞かされたようやな)

おそらく、紀伊に悪気はなかったはずだ。幼い万福丸を励まそうとして、起請文が届いたことなどを漏らしたのではあるまいか。

万福丸の大きな声に気づいた弁造が広縁に姿を現し、その場に控えた。

「手練手管は要らぬ。私は岐阜に行く。義母上《ははうえ》に会いに岐阜に参る。岐阜が駄目やと申すなら、せめて小谷に行く。小谷城へ参る。今すぐに発つ。支度をせい」

「お待ち下され。ここで短慮を起こされてはなりませぬ」

「義母上様《ははうえさま》が、安全とゆわれておるのや。私は行く。私は義母《はは》に会いたい」

万福丸はすでに泣きだしている。泣きながら弁造に振り返った。

「弁造、お前からも与一郎にゆうてくれ。ワシは義母《はは》に会いに行く。これは主命やとゆうてくれ!」

子供が泣きながら声を張り上げているのだ。よく言葉を聞き取れなかったのだが、なぜか「主命」との言葉だけがハッキリと聞こえ、耳に残った。

(ま、参ったなァ)

心中で嘆息しながら平伏した。

## 三

三日後、与一郎たちは小谷城に向けて出発した。

安全を期し、北国街道などの往還は通らず、往路と同じに山の獣道や杣道を使って南下することにした。一応、信長は「万福丸に恨みは無し、決して悪しゅうはせぬ」と於市に確約したらしいが、末端の兵士にまで、信長の意思が徹底されているとは限らない。浅井一族の生き残りと知れば、褒賞目当ての雑兵たちは襲い掛かってくるだろう。小谷城までは密行するに如《し》かずである。

越前と近江の国境までは、於弦が見送りがてら、案内してくれるので心強い。

与一郎は、小谷城を脱出する夜、主人長政から逃走用の資金を受け取っていた。今朝木村屋敷を発つに当たり、手を付けずに隠し持っていた資金の半分を、謝礼として喜内之介夫婦の元に置いてきた。夫婦は固辞したが、強引に受け取ってもらった。

ちなみに、長政から預かった資金は、すべて粒金であった。不揃いの小さな粒状の金塊で、秤量《しようりよう》貨幣である。併せた重さは五百三十匁（約二キログラム）ほどだ。戦国期の金の価値を、一匁（約三・七五グラム）当たり三万八千円で計算すると、総額で銭二百貫（約二千万円）もの価値がある。半分を木村家に残しても、まだまだ不自由はしない。

余談になるが——戦国期に流通した通貨は、主に銅銭である。

永楽銭など「海外からの輸入銭」の信用度が一番高く、永楽銭一文が、現在の百円ほどの価値を持った。重さは一枚二・八グラム。これが基本となる。永楽銭千枚を紐《ひも》で束ねたものが銭一貫文——これが今の十万円に相当した。重さは二・八キログラムだ。ただし、さらなる高額支払いの場合は大変である。百万円の買い物をした場合、銭一貫を十束——重さにすると二十八キログラム——を持ち歩かねばならない。もし、長政が逃走資金をすべて永楽銭で渡したとすると、与一郎は、約五百六十キログラムの銭を担いで、伊吹山地を越えるところだった。

天正元年（一五七三）十月十三日は、新暦に直せば十一月の七日である。まだ紅葉の見ごろにはちと早いが、もう山道に蜘蛛は巣を張っていない。巨漢が前を歩くと視界が悪くなるので、弁造は最後尾を歩かせることにした。半弓を手に、於弦が先頭に立ち、確かな足取りで一行を導いていく。

与一郎は、万福丸を背負って歩いていた。壊れた菅笠の代わりに、喜内之介が深編笠をくれた。顔が見えないほど深く編み込んだ笠だ。今朝もそれを被っていたのだが、背負われた万福丸の顔に縁が当たるので、現在、編笠を脱ぎ、腰に吊っている。

往路は、ほとんどを己が足で歩き通した万福丸だが、復路では、与一郎に甘え、「背負ってくれ」と駄々を捏《こ》ねた。これから義母《はは》の於市に会えるので、今まで彼なりに気を張っていた緊張感が解《ほぐ》れ、十歳の童《わらべ》に舞い戻ってしまったようだ。

万福丸を背負った与一郎は、できるだけ前を行く於弦の姿を見ないよう、やや俯き加減で黙々と歩いた。一里半（約六キロ）も歩けば、近江との国境だ。於弦と別れねばならない。そう思うと、余計に想いが募る。彼女の姿を見れば心が乱れる。ただ、万福丸を小谷城の羽柴秀吉に託すまでは、自分の恋心など封印し、万福丸を守ることに専念せねばならない。だから、於弦を見ない。

「な、於弦殿」

己が気持ちと格闘しながら歩く与一郎の後方から、弁造が無粋な声をかけた。

「うん？」

於弦は振り向きもせず、歩きながら気のない返事をした。

「お前は、やはり山やな。地を踏む足が颯爽としておるわ」

(弁造のあほう。下らんことを抜かすな)

と、心中で猛烈に毒づいた。与一郎は俯いて歩き、於弦の姿を見ないようにしている。主人の自分がそこまで葛藤しているのに、なぜ、家来の弁造が、かくも気楽に声を掛けられるのか。

「……」

返事はなかった。

(ざまを見ろ!　無視されてやがる!)

返事をする代わりに、於弦は歩きながら背中に背負った箙の位置を少し直した。

「な、与一郎、知っとるか?」

背中から万福丸が、小声で囁いた。

「なにをでございますか?」

「於弦は、紀伊と仲が悪いのや」

万福丸が嬉しそうに於弦と紀伊の親子関係を評した。

「喜内之介とも仲違いしとる。だから屋敷におるのが鬱陶しい。それで家を出て山を歩くと清々するんや」

今日の万福丸は大いにはしゃいでいた。

「ふん。ガキになにが分かる」

さも忌々しそうに、歩きながら於弦が小声で独言した。子供から図星を指されて、腹が立ったのだろう。

一方、与一郎は心中で快哉を叫んでいた。万福丸は主人の遺児だし、弁造は大事な家臣で、朋輩だとも思っているが、同時に彼らは男だ。雄だ。与一郎は、於弦と接触を持つすべての雄を憎み警戒した。弁造が無視され、万福丸が「ガキ」呼ばわりされて、大層気分がよかった。

衣掛山の麓、鳩原《はつはら》の集落からは笙の川《しょうのかわ》を遡行した。四分の三里（約三キロ）ほど南下すると、奥麻生川《おくあそうがわ》と五位川《ごいがわ》との出会いに差し掛かる。ここには疋田という小さな集落がある。ここから東へ一里弱行けば刀根だ。

二ケ月前《ふたつき》、山間の狭い盆地で、追撃する織田勢は退却する朝倉勢に追いついた。刀根《とね》坂《ざか》の戦い——否、掃討戦、乃至は虐殺戦が行われ、朝倉勢は三千人からの死者を出し、事実上壊滅した。

ここ疋田にも、朝倉方の国境の城である疋壇城《ひきだじょう》があったのだが、織田勢に蹂躙《じゅうりん》され、今は廃墟となっている。

「疋壇城には近寄らん方が無難やろ。川を渡って尾根筋に登ろう」

歩を止めた於弦が、笙の川対岸の稜線を指さした。

「疋壇城は、廃城になったんやろ？　今は誰もおらんさ」

最後尾から弁造が、尾根に登るのが面倒くさそうに呟いた。

「や、廃城にしても、織田方は芝見《しばみ》を残しとるやも知れん。見つからんに越したことはない。於弦のゆう通り、山に入ろう」

万福丸を背負った与一郎が、弁造を諫《いさ》めた。

ちなみに、芝見は草屈《くさかまり》と同義だ。足軽や乱破《らっぱ》など下級の者による斥候《せっこう》任務を指す。対して物見は、士分による斥候で、後世の将校斥候に近い。

比高百丈（約三百メートル）ほどの小高い尾根へと登った。上り坂は勾配がきつく、弁造が幾度も「背中の万福丸を替わろう」と言ってくれたが、与一郎は頑なにこれを拒み、少年を背負い続けた。

万福丸は――あるいは自分も――今後どうなるやら分からない。二人が離れ離れになる可能性もある。

（なのに俺は、ちゃんと役目を果たしたとは言い難い）

無論、役目とは、主人長政と於市から「万福丸を守って欲しい」と託されたことだ。

(俺は、義母《はは》に会いたい一心の幼子の言葉に押し切られた。本当なら、もう少し様子を見るべきやった。尾張の奴らはこすい。信用がおけん。たとえ主命を振りかざされても、腹を切る覚悟で諫めれば、なんとでもなったはずや。でも、俺はそれをしなかった)

必ずしも無責任な心や怠慢な思いから、諫めなかったわけではない。理由は別にある。

自分も母のいない子として、乳母の紀伊に育てられた。優しい義母《ぎぼ》に母性を求める万福丸の気持ちは、痛いほどよく分かる。もし自分が万福丸と同じ十歳で、辛い目に遭っている最中に、「紀伊に会わせてやる」と言われたら、たとえ危険を冒してもその話に乗るだろう。そう思えば、万福丸の「せめて小谷城に行きたい」との気持ちを無下にはできなかったのだ。

(俺は、傅役《もりやく》失格やな)

失格者は失格者なりに、せめて小谷城までの道を、背負うぐらいのことはしてやりたかった。

尾根に登り見晴らせば、うねうねと何処までも山並みが続いていた。

「南へもう半里（約二キロ）、歩けば深坂峠《ふかさか》に出る。そこから先は近江や」

それだけ言って、於弦はまた歩き始めた。

深坂峠は塩津と敦賀を結ぶ細い林道——塩津《しおつ》街道——の峠である。塩津街道は人通りもほとんどなく、比較的に安全だったが、一行は出来るだけ往還を歩くのは避け、獣道を進んだ。

未《ひつじ》の上刻（午後一時頃）深坂峠に着いた。

峠の先が近江なら「琵琶湖が見えるはず」と勝手に思い込んでいたのだが、深坂峠から湖面はまったく望めなかった。於弦が見送ってくれるのは、ここまでだ。後は、山賊稼業で磨かれた弁造の直感と山の知識が頼りとなる。

「お、海老蔓《えびかずら》や……甘うて、美味いですぞ」

弁造が指さした彼方、眼下の繁みで、蔓に生った小さな実が黒く熟していた。

弁造が万福丸の手を引き、山の珍味を狩るべく、坂を下って行った。

与一郎と於弦は二人きりで、峠に残された。気まずい沈黙が流れた。

「与一郎様は、これからどうなさる？」

於弦が遠慮がちに訊いてきた。眼下の山腹からは、万福丸と弁造のはしゃいだ声が立ち上ってくる。

「そりゃ……」

この先、四里（約十六キロ）南東に進んで木之本の山中で一泊、明朝、小谷城入りする予定である旨を伝えると、於弦は顔を伏せた。

「そんなこと訊いてないよ。あんたはんの身の振り方を訊ねたんや」

「お、俺の身の振り方……」

万福丸を小谷城の秀吉に引き渡した後のことは、どうなるか分からない。そのまま侍臣《じしん》として仕えられれば安心だが、そこは相手次第だ。命は助けるが仏門に入れ、万福丸は僧侶になれと強制されるかも知れない。近習《きんじゅう》に浅井侍を置くことを拒絶されることも考えられる。いずれにせよ、こちらに選択権はないのだ。

「もしも……」

もじもじしながら、於弦が言葉を継いだ。

「御牢人とゆうことになったら、新たな仕官先を探すんやろうね」

「万福丸様にお仕えすることが叶わなかった場合、とゆう意味か？」

「うん」

と、美しい娘が深く頷いた。

「そのときは……侍はもう辞める」

「え？」

於弦が顔を上げ、与一郎を見た。

「俺は、浅井長政公に可愛がられた。その父君の久政公からも目を掛けて貰った。今さら他の殿様に仕える気にはなれん」

「なら、どうする？」

「どこぞの荒れ地でも拓《ひら》いて、百姓をやる」

「侍を捨てるんか？」

「戦に負けた侍は、もう武家を名乗る資格はないよ」

と、自嘲気味に笑った与一郎の袖を、於弦が摑んだ。

「荒れ地を拓くのもええけど……いっそ、敦賀に来んか？」

「え？」

於弦の目を見た。

「私は……心底から、与一郎様と一緒に狩りがしたい」

必死な眼差しだ。於弦と初めて会ってから一ヶ月《ひとつき》と少し経つが、こんな真剣な目を見たのは始めてのことだ。ただでさえ美しく凜とした目が、いつもより吊り上がって見える。思わず与一郎は、袖を摑む娘の手に、上から己が手を重ねた。

「小谷城に行って、もしも今後の人生を自分で決められるようなら……」

重ねた手に、力と想いを込めた。

「俺は、必ず敦賀に行く。そなたの元へ戻る」

「よかった」

そう思い詰めたように短く呟くと、於弦は与一郎の腕に頰を押し付けたが、やがて顔を上げ、与一郎を正面から見つめた。

「あんたはんは、綺麗な男や。あちこちの女子《おなご》に、似たようなことをゆうとるんやないやろね？」

「あほう」

「だって……心配やもの」

「もう一ケ月《ひとつき》以上も一緒におるんやぞ。俺のそなたへの振舞いで、その手の男か否か、分かりそうなもんやないか」

もし彼が女扱いに慣れた男なら、もうすでに於弦と契《ちぎ》っているはずだ。

「それは……」

与一郎から視線を逸らし、少し考えた。

「うん。ごめん」

納得したのか、微かに微笑んで頷いた。

（まったく……俺はよほど女扱いが下手なんやな。ま、お陰で疑いは晴れたが）

万福丸と弁造が坂を登ってくる気配が伝わり、二人は慌てて身を離した。

名残り惜しそうに幾度も振り返りつつ、於弦は敦賀へと帰っていった。

三人は、尾根筋を遠ざかっていく於弦の後ろ姿を黙って見送っていたが、やがて、反対の方角——近江に向かって歩き始めた。

# 四

その夜は、小谷城の北二里（約四キロ）、木之本の山中で露営した。

さすがに往路ほどの緊張感はない。あの頃は、織田の探索方や落武者狩りの不安が確かにあったのだ。ただ、今夜も焚火の炎が目立たぬよう、木々が密生した沢筋に野営地を定めた。弁造によれば、姉川と合流して琵琶湖へと注ぐ高時川《たかときがわ》の上流部らしい。弁造が居ると、現在の居場所が大体でも分かるのが有難い。

陽のある内に、三人で薪を集め、陽が落ちると、盛大に火を焚いた。伊吹山地は見てくれこそ――比高こそ低いが、標高は高く、北国にあり、秋の訪れが早い。すでに晩秋の趣きさえある。特に沢筋は、朝晩に冷涼な谷風が吹き抜けるから、相当に冷え込むのだ。

「明朝、それがしが一人で小谷城に参ります」

紀伊が持たせてくれた岩魚の焼き干しを焚火で炙りながら、与一郎が万福丸に伝えた。

「織田方に少しでも不穏な様子があれば、疾《と》く引き返して参りますし、もし夜までにそれがしが戻らなければ、取りあえずは敦賀にお戻り下さい……ええな、弁造？」

「ははッ」

岩魚の身を熱心に解《ほぐ》していた弁造が、作業の手を休めて頭を垂れた。

「与一郎は、心配のし過ぎではないのか？」

焚火に手をかざしながら万福丸が言った。

「畏れ入ります。心配のし過ぎであることを祈っておりまする」

ま、その通りである。後で自分の臆病を笑い話にできれば幸甚なことだ。

見れば弁造は、炙った岩魚の身を細かく解《ほぐ》して万福丸に食べさせている。太く無骨な指先で、小骨まで丁寧に除いているようだ。

（まったく……デカイ形《なり》をして、やることはまるでお袋や。甘やかされて一番苦労するのは御本人なんやぞ。それに、岩魚の小骨ぐらい食わんと、強い体には育たん）

と、苦々しくは思ったが、さすがに「止めろ」とも言えない。万福丸が、美味そうに岩魚の解《ほぐ》し身を食べているからだ。岩魚の焼き干しは少し臭うものだが、よく炙って食せば、然程《さほど》には気にならない。敦賀の木村喜内之介は、これを酒に浸して美味そうに飲んでいたものだ。

「義母様《ははさま》は、小谷城におられるのやろうか？」

「幾度かお文を頂戴しましたが、いずれも岐阜城にて認《したた》められた書状にございました」

「では、小谷城にはおられぬのやな」

寂しそうに呟いた。皆、黙りこくってしまった。

バチッ。

焚火の中で生木が爆《は》ぜた。

「以前、敦賀に向かう山中で野宿した折には、火を焚きませんでしたからな。枯葉にくるまって寝ましたよ。今夜は火があって助かりまするな」

岩魚を解《ほぐ》し終えた弁造が、大きな両手を炎にかざしながら、万福丸を元気づけようと、笑顔で語りかけた。

「今夜、焚火がなかったら、凍え死ぬわい」

小さな手を炎にかざし、万福丸が不満げに呟いて、天を仰いだ。

つられて与一郎も夜空を見上げた。木々の梢に円く切り取られた夜空だ。

本日は十三日で、十三夜の月は、ほぼ頭上の天空にあった。

(十三夜月か……焚火無しで野宿したのは、於弦と初めて会うた前の晩やった)

与一郎は、昼間、国境の峠で交わした於弦との会話を思い起こした。

(もし牢人したら、敦賀へ来いと於弦はゆうた。一緒に狩りがしたいともゆうた。あれは、遠回しの求婚と違うか……や、遠回しですらないわ、あれは確かに求婚やった。うん、間違いない求婚や)

言葉だけではない。於弦のモジモジとした態度、自分が「敦賀に戻る」と言ったときの嬉しそうな表情、そのすべてが、彼女の与一郎への好意を示していた。

猟で雉を射たとき、与一郎は思わず於弦の頬に触れた。初めて会った日から数えて、わずか四日目のことだ。

(あのとき於弦は、俺の手を振り払うこともなく、困ったように黙って目を伏せていた)

あれだけ気性の激しい娘である。出会ってすぐの、さして懇意でもない男から、急に顔を触られたら、怒りだしそうなものだ。

(俺は、沢で初めて会うた瞬間、於弦に懸想《けそう》した。武士として恥ずべきことかも知れんが、案外於弦の方も早い時期に俺のことを……)

「殿⁉」

「あ?」

と、弁造の声に我に返ってみれば、弁造と万福丸が、呆れたような顔をして与一郎のことを見つめている。焚火の炎が、二人を赤々と照らしだしていた。幾度か声をかけたが、与一郎が上の空だったのだろう。

「済まん。考えごとをしておった」

「なにを考えていた?」

万福丸が、好奇心を剝《む》き出しにして身を乗りだした。

「身共には、殿が何を考えておられたのか、朧《おぼろ》げに分かり申す」

弁造が、ニヤニヤと不気味な微笑を浮かべて言った。

「無論、明日の手筈について考えておったのでござる」

弁造を睨み返しながら、万福丸に答えた。

（弁造の野郎め……まだ、ニヤついていやがる。こいつは結構な「女たらし」や。その道には通じとる。案外、俺と於弦のことに、感づいておるのやも知れんな。元山賊、侮《あなど》れんわい）

薪《たきぎ》が生木で湿っている所為で、よく爆ぜるし、煙がやけに多い。ただ、煙があまり目には沁みないのは、陽が沈んで大分経って風が収まり、煙が真っ直ぐ天空に上るからだろう。こうして生木を薪に使うと着火に苦労するし、煙も多いが、一旦火が着くとトロトロとしぶとく燃えて火持ちがいい。露営にはむしろ好都合である。元山賊の弁造は、燃えやすい木と、燃えにくい（つまり、火持ちのいい）木を上手に組み合わせ、焚火の炎を守ってくれていた。

翌日は朝からよく晴れた。爽やかな秋の一日となりそうだ。

（好天や。まるで、万福丸様の将来を暗示しているようや。きっと、なんでもかんでも、上手くいく）

このときは、本心からそう思った。

与一郎は身支度を整え、万福丸に挨拶を済ませ、深編笠を被り、後事を弁造に託して野営地を発った。

そのまま沢に沿って下る。この辺りの川を下れば、大抵は姉川か琵琶湖に行き当たるものだ。弁造の読みの通り、もしこの渓流が高時川の上流部なら、下れば勝手知ったる小谷山の西麓に出るはずだ。

四半刻（約三十分）も歩くと見覚えのある景色が広がり始めた。間違いなくこの地は木之本である。

か細い渓流はいつしか堂々たる流れとなり、田園地帯を南へ下っていた。

木之本は、すり鉢の底のようになった土地で、南を除く三方を山々に囲まれている。西方《みなも》の低い山並——件《くだん》の山本山城もここにある——の向こう側には、青い琵琶湖の水面が広がっているはずだ。

すれ違う里人の中には、顔見知りの者もいたが、本日の与一郎は深編笠を被っており、彼だと気づく者は一人もいなかった。遠藤家は須川の領主であった。出歩くときは必ず馬に乗り、従僕を従えたものだ。かつて、粗末な身形で一人侘しく歩く与一郎の姿を見た者はいないはずだ。彼に誰も気づかないのは、深編笠の所為ばかりではなさそうである。

自分は、小谷城の城番を務める羽柴秀吉殿に面会に行くのだ。堂々としていればいいのだが、知り合いとすれ違うたびに、なぜか背中を冷や汗が流れた。

(あほくさ。故郷に戻ったんや。罪人でもあるまいし、なにをコソコソする必要がある?)

開き直って深編笠を脱ごうとしたが、やはり思い止まった。

(城も領地もなくした一介の牢人や。わざわざ遠藤家の没落を、世間に晒すこともあるまい)

そのまま大股で歩くと、左前方に小谷山が見えてきた。今見えているのが西の尾根だ。深編笠の縁を持ち上げて眺めると、尾根筋に辛うじて、福寿丸《ふくじゅまる》と山崎丸らしき土塁が望まれた。深い清水谷を間に挟んだ向こう側(ここからは見えないが)には、東の尾根筋に本丸《ほんまる》や小丸《こまる》、京極丸《きょうごくまる》などが連なっているはずだ。それら全てが一体となって、堅固な小谷城を形成している。

(戦には勝つもんや……切ないのう。あの城は、もう敵の城やものなァ)

小谷山の西麓から上る間道を幾つか知っている。この辺りから山に分け入り、急に本丸の門前に姿を現せば、敵は胆を潰すだろう。そうも考えたが——

(あほう。そんなことをしてなんになる?　秀吉の心証を害し、万福丸様のお立

場を悪くするだけや)

奇襲もどきは封印し、ちゃんと大手門で訪《おとな》いを入れることにした。

大手門は、元のままの姿で立っていた。

小谷城が落城したのは一ヶ月《ひとつき》と少し前で、つい最近のことだ。なのに重要戦略拠点たる大手門が「無傷のまま」「激戦の痕跡がない」という事実が、小谷城陥落の実相を雄弁に物語っていた。

山城の常として、山麓にある大手門は然程《さほど》に重視されないものだが、然《さ》はさりながら、有力戦国大名の居城である。今少し抵抗してもよさそうなものだ。しかしあの日、浅井方にはすでに、大手門に割く兵員がいなかったのである。

八月二十八日の朝、この門に織田勢が殺到したときには、すでに勝敗は決まっていたのだ。後は、浅井家の滅亡を天下に喧伝し定着せしめるための殺戮があったのみ。与一郎たちが強いられたのは、つまりそういう絶望的な戦いだったのである。

目の前に広がる広々とした清水谷を、比高百丈(約三百メートル)あまりの尾根が、馬蹄《ばてい》形に取り囲んでいる。死後の審判の場で、巨大な神々に囲まれ、己が一生を詰問されている錯覚に、ふと与一郎は捉われた。

大手門のすぐ左側には、与一郎が生まれた遠藤屋敷がまだ立っていた。ここから見る限り、破壊された様子はない。今は誰か、秀吉の重臣でも住んでいるのだろうか。幼い頃、乳母の紀伊を追いかけ回し、腹が痛くなるほど笑った庭の桜が思い出された。

「どなたかな？」

小頭らしき徒《かち》武者が、歩み寄り声をかけてきた。

「あの、それがしは……」

相手は、つい最近まで敵同士であった織田衆である。若干逡巡したが、いつまでも黙っているわけにはいかない。

「浅井家の旧臣にござる」

「浅井の……」

小頭の顔から表情が消え、そっと腰の刀を引き付けるのが、目の端に映った。

「御城代の羽柴秀吉様にお話がござる。お目にかかりたいので、お取次ぎ願いたい」

「如何なる御用向きで？」

(万福丸様のお名は、最後の最後まで出さぬ方がええやろな)

「それがし、織田弾正大弼《だんじようだいひつ》様の妹御、於市御寮人様から羽柴秀吉様宛ての内密な書状をお預かり致しており申す」

「それで?」

「於市様より、羽柴様に直接お渡しせよと、厳しく申し付かっておりまする」

「然様《さよう》か」

小頭は配下の足軽に耳打ちし、足軽はその場から駆け去った。

門内から七、八人の足軽が持槍を手に駆けだしてきて、与一郎と小頭を遠巻きにした。槍を構えこそしないが、下手に動けばめった刺しの目に遭うのは間違いない。名も名のらぬ、深編笠を取りもせぬ武士がやってきて「城代に会わせろ」と求めているのだ。警戒するのは当然だ。

「不躾とは存じまするが、御寛恕《ごかんじよ》のほどを」

小頭が、与一郎を宥《なだ》めた。与一郎は黙って会釈した。

(浅井と織田は、少し前まで互いに殺し合っていた仲や。立場が逆なら、俺も同じようにするやろ)

と、心中で事態を達観した。

# 五

しばらく待つと、士分らしき裃《かみしも》姿の武士が出てきて、与一郎を城内へと招き入れた。そして案内された先は、皮肉にも遠藤屋敷——与一郎の元の家ではないか。

（大手門に近く、かつ、だだっ広い屋敷やからな。そら誰か使うやろ）

元は城内に立派な屋敷を構えていた浅井の重臣が、今や自宅を敵に奪われ、高時川の上流で野宿しているのだ。悔しさや虚しさがあり、ここが自分の屋敷であったことは、意地でも口にしないことに決めた。それでも儀礼上、深編笠だけは脱いだが。

与一郎は書院に通された。ここも懐かしい部屋だ。付書院の棚板にある傷やら、天袋の襖地の微かな破れなどを見るにつけ、彼の胸は締めつけられた。

「ごめん」

穏かな声がして、屋敷の主が広縁に姿を現した。三十絡みの立派な武士だ。

彼は安達佐兵衛《あだちさへえ》と名乗った。本来は織田家の直臣で足軽大将の職にあり、今は羽柴秀吉の寄騎《よりき》として小谷城に詰めている由。

(随分と柔和で優しい印象の御仁……人懐っこい笑顔や。これで足軽大将など務まるのかいな)

と、内心で評した。

「して、羽柴秀吉様は?」

屋敷の前の主人に質した。

「現在、岐阜城に戻っておられます。書状は手前がお預かり致しましょう」

と、催促するように手を出した。

「実は、書状は、ござらん……書状は御門を通る口実にござる」

「口実?」

「実はそれがし、我が主人、浅井長政公が嫡男、浅井万福丸君をお預かり致しておりまする」

「なんと」

安達の顔色が俄かに変わった。彼は言葉を続けた。

「それは好都合。信長公からも、さらには上役の羽柴様からも、万福丸様への対応については、手前が一任されており申す」

「一つだけ確かめさせて頂きたいのでござるが……」

与一郎としては、念には念を入れておかねばならない。

「於市様が、信長公に『幼い子供に罪はないから』と助命嘆願をなされたやに伺っておりますするが、その点は如何に？」

「無論、手前も同様に伺っており申す。当初は強硬であった信長公も、妹御から掻き口説かれるうちにやわらぎ、今では『子供の命までは奪わん』と於市御寮人様に約されたやに伺っております」

「この起請文は御存じで？」

と、懐から信長の起請文を取りだして示した。

「酷い仕打ちは致さぬ……と、確かに我が主人が揮毫《きごう》した起請文にござる」

安達は文面をよく確かめもせずに、深く頷いた。明らかに安達たちは、信長の起請文を前提にして話を進めているようだ。

「試すようなことを致しました。御無礼仕《つかまつ》りました」

ひとまず安堵し、起請文を懐に仕舞い平伏した。

「で、万福丸様は今、何処《いずこ》に？」

安達がズバリと訊いてきた。これは返答が難しい。

「とある場所に、身を潜めておいでです」

「どこに？」

「ですから、とある場所にござる」

「ハハハ、秘密にござるな？」

「なかなか」

佐兵衛が噴きだしたので、与一郎も釣られて微笑んだ。

「つまり、我らが信じられぬと？」

「それは……」

万福丸の居場所を告げるのは、相手を完全に信頼したときである。

現在、安達には好感触を得ているが、於市が「心利いたる者」として「万福丸を委ねよ」と書き送ってきたのは、あくまでも秀吉であって安達ではない。総じて、まだ万全の信頼とまではいかないのだ。ただ同時に安達は、今後万福丸の命運を握る人物の一人でもあろう。決して不機嫌にさせていい相手ではない。

「無論、信長公も安達様も御信頼申し上げております。ただ、明日には確《しか》と万福丸様をお連れし、その身を貴方様に託しまする。それまでは暫時《ざんじ》……はい」

空疎な沈黙が、かつて与一郎が主だった屋敷の書院に流れた。

「然様《さよう》か……ま、それも宜しかろう。明日、この城に連れて参られるのだな？」

「身に代えましても」

ホッとして額を畳に擦り付けた。

「一つだけ、お聞かせ願いたい。そもそも、貴公は……どなたかな？」

そういえば、まだ名乗っていなかった。

「遠藤与一郎と申しまする」

慌てて答えて、再度平伏した。


陽が暮れる前にと、急いで露営地に戻った。途中幾度も尾行の有無を確認したが、送り狼の気配はまったくなかった。

(俺の後を尾行《つけ》れば、確実に万福丸様の居場所が知れる。それを分かっていながら織田方は尾行《つけ》ようともしない……これ、本当に万福丸様の捕縛は考えておらんのかもな)

信長と言えば、魔王を名乗る冷血漢との印象が強いが、案外、可愛い妹の涙に弱い、普通の男なのかも知れない。与一郎は、そんな風に感じ始めていた。

翌早朝、与一郎は万福丸と弁造を連れ、昨日と同じ道を小谷城へと向かった。

万福丸は、緊張して言葉こそ少なかったが、それでも、生まれ育った小谷城に戻れること、いずれ義母の於市や妹たちに会えることなどを思い、足取りは軽いようだ。

先頭を歩く彼を見ると、この一ヶ月《ひとつき》で見違えるほどに成長した。仲間とともに苦難を乗り越えた自信が、内面の成長を促したものだろう。家族との別れ、落城する小谷城からの脱出、山越え、野宿、敦賀での狩猟——体験のすべてが、万福丸の血肉となり成長の糧となったのではあるまいか。その幾何《いくばく》かを自分が担っていたことに、与一郎は誇らしさを感じていた。

「殿」

弁造が、与一郎に声をかけた。

「身共、ここから間道を通って小谷城内に忍び入り、物見を致しましょうか」

弁造はどこまでも慎重だ。

巨大な山城のこととて、全体を見渡せる山腹の森に身を隠すことは容易だ。城内に異変があれば、弁造が叫ぶなり、喚《わめ》くなりして報せてくれるだろう。

「無用や弁造！　そこまで織田方を疑ってどうする？　織田家は義母様《ははさま》の御実家であるぞ」

一刻も早く小谷城に入りたい万福丸が異を唱えた。弁造は、渋々頭を垂れた。

二人の遣り取りを見ていた与一郎は、俄かに不安になってきた。

(俺は、万福丸様の於市様への慕情に絆《ほだ》され、冷静な判断ができんようになっておるのではないか?)

「いっそ、皆で間道から参りましょう」

「与一郎まで、何を申すか」

「や、織田方との約定は守ります。万福丸様を連れ、巳《み》の上刻(午前九時頃)までに小谷城に参上する。その通りに致します。ただ、往還を通って大手門前には向かわない。山道を通って会見場所に直接出向く……それだけにござる」

「迂遠《うえん》じゃ。大手門から参る」

と、歩きだした少年を抱き止めた。正面から顔を寄せ、睨みつけた。

「遠藤与一郎、一世一代のお願いにござる」

「な、なんだ、怖い顔をして……わ、分かった。間道を参ろう」

「有難き幸せ!」

傍らで、弁造が笑いを堪えていた。

勝手知ったる小谷山の間道を伝って、旧遠藤屋敷の裏へと出た。

「まず、俺が一人で行く。一刻（約二時間）経って戻らぬようなら、このまま敦賀に帰れ」

昨日と同じように、そう弁造に命じた後、与一郎は旧遠藤屋敷へと、一人で入って行った。

「御免」

と、書院の前で訪いを入れると、障子を開けて安達本人が広縁へと出て来た。

「驚いた。ここに直接参られたのか？　で、万福丸様は？」

「や、幼い若君のこととて、疲れたと申されて。刻限に遅れてはならじと、それがしだけ先に参りました」

「ほう、然様《さよう》でしたか……」

安達に招かれて書院へと入った。見たところ、武者が隠れているようすはない。安達の態度も、昨日同様に慇懃《いんぎん》なままだ。総じて、異常は認められなかった。

「やあッ、与一郎殿！」

広縁からの声に振り向くと、そこにいたのは阿閉淡路守の倅、与一郎の朋輩でもある万五郎ではないか。

「ま、万五郎殿！」

　二人は、再会を喜びあった。この八月、阿閉家が織田側に寝返る当日、山本山城に「裏切りを阻止せん」と乗り込んだが説得に失敗、気まずく別れて以来の再会である。

「あの落城の中、よう生き延びられた」

「色々なことがあってなァ」

　死に別れた者、恩人たち、初恋——様々な想いが想起され、与一郎は目頭を熱くした。

　安達は、気を利かせて席を外してくれた。二人でゆるりと話し合った。

「与一郎殿、万福丸様をよくぞ御無事でお連れ下さったなァ。すべて与一郎殿の御手柄や。泉下の長政公も、さぞや……」

　万五郎が腕を組み、天井を見上げた。

（ハハハ、万五郎殿、相変わらずやなァ。きっと涙を堪えておられるんやろ）

　万五郎は、万福丸の無事を我が事のように喜んでくれた。

　聞けば、阿閉淡路守は山本山城とその領地を秀吉から安堵され、今も山本山城で暮らしているそうな。なんとも鷹揚《おうよう》な占領政策ではないか。万五郎自身も、秀吉の小姓となり、傍近くに仕えている由。敵側の人間を小姓に——秀吉の度量の大きさが偲《しの》ばれた。

「小姓ならば知っておろう。今後、万福丸様の扱いはどうなろうか？」

「心配するな。信長公が、起請文を差しだしたことは拙者も聞いておる。織田家はよいぞ。闊達で明るい。拙者のような浅井衆でもやる気と能力さえあれば、どんどん重い役目を与えられる。万福丸様は、於市様の義理の息子や、於市様は信長公の妹御、おそらく御一門衆として厚遇されるはずじゃ」

「そ、そうか……本当にそうか……よ、よかったァ」

涙が流れた。苦労が報われた。

(大丈夫や。心配ない。有難いことに於市様の御威光が、ここまで届いているんや。あの賢い万五郎殿の御墨付を戴いたことも意義深い。うん。疑ってかかるのも潮時や。ま、大丈夫やろう)

与一郎は心中で、神仏と岐阜城の於市に両手を合わせた。

与一郎は、隠れていた万福丸を屋敷へと呼び込み、若君と二人きりで書院に控え、安達が来るのを待っていた。

「はあ……」

万福丸が小さく溜息を漏らし、肩を落とした。やはり不安は拭えないようだ。

「御心配は無用にございまする。安達佐兵衛殿、それから阿閉万五郎殿、このお二人が、万福丸様と御義母上様《ははうえさま》とを会わせて下さいます」

万福丸が、硬く微笑んで頷いた。

「安達佐兵衛殿、阿閉万五郎殿やな？」

「御意ッ」

「当然、与一郎も一緒にきてくれるのであろう？」

「そうしたいのは山々にござるが、やはりそこは織田家次第にございまする」

「織田家次第とは？」

「織田の方で、遠藤は要らぬと仰せなら、それがしの力ではどうもなりませぬ」

「そうか……ま、そうやな」

万福丸が、また肩を落としたところに、広縁から笑顔で安達が万五郎を伴って入ってきた。

安達は、礼節ある態度ではあったが、極《ご》事務的に、淡々と話を進めた。

万五郎を促し、あっという間に万福丸を奥へと連れて行ってしまったのだ。万五郎に手を引かれて去る万福丸が、与一郎の方を向き、泣きそうな顔で頷いて見せた。与一郎としては只々見送るしかなかったのである。

「あの、今後それがしは如何致せばよろしゅうございますか？」

「え？　貴公は……これにて御苦労様……ではいかんのか？」

「厚かましいことながら、万福丸様のお側に仕えるわけには参りませぬか？」

「つまり、貴公、織田家に仕官したいと申されるのか？」

安達の顔から微笑が消えている。空模様が怪しくなってきた。

「や……仕官なぞと大仰なものではなく、たとえ従者、従僕としてでも、まだ幼い万福丸様をお支え致したく存じまするが」

「黙れ、痴《し》れ者！」

急に安達から怒鳴られ、取りあえず平伏した。

「貴公は、かの姉川戦の折、信長公を討とうと御本陣に迫った遠藤喜右衛門の倅ではないのか？」

「確かに喜右衛門は、我が父にございまする」

「奴は卑怯にも、己が朋輩の首を囮に使い、敵陣に近づくという武士の風上にも置けぬ不埒者である。下衆《げす》の倅が傍に仕えて、万福丸殿の益になると思うか⁉」

「これはしたり。これはしたり」

と、慌てて再度平伏した。

「悪いことは申さぬ。万福丸殿の将来を考えるなら、潔く身を退かれよ」

「あの……」

取り付く島もない。言いたいことは百万もあるが、万福丸に迷惑がかかっては一大事である。ここは、潔く退くしかあるまい。

トボトボと一人大手門を出て、東へ向けて北国脇往還を歩いていると、遊行《ゆぎょう》僧《そう》姿の弁造が傍らの藪から姿を現した。万福丸との辛い別れ、安達から理不尽にも罵倒された直後なだけに、弁造の笑顔を見て、涙が溢れそうになった。

「なんぞ、万福丸様は仰《おっしゃ》っておられましたか？」

「ああ、武原弁造に宜しくと……海老蔓がとても美味かったそうや」

「まったく……しょうもない憂《う》き世《よ》やなァ」

元山賊の巨漢は、顔をくしゃくしゃにして、声を上げずに泣いた。

「行こう」

弁造の肩を叩いて、歩き始めると、巨漢も泣きながら後を付いてきた。

二人は無言で、北国脇往還を関ケ原へ向けて歩いた。

今夜は、遠藤家の旧領である須川近傍で帰農している元の家臣の家を訪れ、一晩の宿を乞うつもりだ。陽が暮れるまでに着ければいいと思いなし、主従でのんびりと、今後のことなどを相談し合いながら歩いた。

「俺は敦賀に行く。於弦と所帯を持ち、山仕事をして静かに暮らすつもりや」

「ま、殿と於弦殿とは、どうせ、いつかはそうなると、身共なんぞは端《はな》から思うとりましたよ」

弁造がニヤニヤしながら感想を述べた。

「どうせ……ってなんや？」

「や、若い男女はなるようになる、ゆう意味ですわ」

弁造もまだ二十代半ば、老成するほどの年齢ではない。

「おまいはどうする？　どうや、一緒に敦賀へ来ないか？　山仕事の人手はなんぼでも欲しいやろ。三人力、五人力の弁造殿なら、大歓迎されるぞ」

「それもええですな。でも、身共は別のことを考えております る」

「なによ？」

「この形《なり》が気に入ってしもうて」

と、己が阿弥衣と五条袈裟をヒラヒラと揺らして見せた。

「おまい、出家する気か？」

与一郎が驚いて歩みを止め、弁造の顔を覗き込んだ。

「頭も丁度ええ感じになっとるし……」

と、髪がこの一ケ月《ひとつき》の間に四分《ぶ》（約一・二センチ）ほど、中途半端に伸びた見苦しい頭を撫で回した。

「永平寺《えいへいじ》にでも入門しようか、と」

「永平寺は曹洞宗《そうとうしゅう》やぞ」

「ソートーシュウではいけまへんのか？」

「や、おまいの格好は、それ遊行僧や……つまり時宗や。ナンマンダブや」

「ソートーシュウは？」

「多分、南無釈迦牟尼仏《なむしゃかむにぶつ》やろ」

与一郎が歩き始めると、弁造もそれに続いた。

「どちらでもええんですわ。坊主は働かんでも食えるし、頭丸めとるだけで誰からも一目置かれる。こんな楽な商売はない、と」

「あほう。元山賊が坊主になったら、釈迦牟尼も逃げだすわい」

なぞと――どうでもいい話に花が咲いた。万福丸のことは気掛かりだったが、織田家では、大切に扱ってくれそうだし、もうじき義母の於市に会えるだろう。

(万福丸様は大丈夫、一段落や)

と、二人は肩の荷を下ろした気分になっていた。

翌朝は曇天だった。歓待してくれた元家臣に篤《あつ》く礼を述べ、与一郎と弁造が農家を発とうとしたとき、若い農民が一人、慌てた様子で駆け込んできた。須川から一里東にある不破《ふわ》の関所《せきしよ》の刑場に、子供の首が晒されたというのだ。

(まさか……)

悪寒が背筋を走った。

冷え込んだ朝で、朝靄の中を弁造と二人、刑場に駆けつけた。晒されていた子供の首は、紛れもなく万福丸であった。血の気こそ失せているが、目を閉じ、眠っているようにも見える穏やかな生首だ。

「ま、万福丸様……」

喉の奥から絞りだすようにして、少年の名を呻《うめ》いた。

与一郎の膝から力が抜け、ヘナヘナと崩れ落ちた。茫漠《ぼうばく》たる草原の中だ。辺りには人家もなく、荒涼とした寂しい場所である。十人ほどの織田家の足軽が、小頭であろう二人の徒武者に率いられ、罪人の首を警護していた。

「殿、怪しまれまする。少し離れましょうや」

弁造に引き摺《ず》られるようにして刑場から離れた。

やはり、信長は浅井家を許していなかった。於市に「子供の命までは奪わん」と述べたことも、起請文も、すべて嘘八百だったようだ。

刑場から離れた木立の中で、与一郎が怒りを吐き捨てた。

「信長の奴、端から殺すつもりやったんや」

冷静になればなるほど、自分がやらかした失態の大きさ、取り返しのつかなさを理解し、与一郎は愕然としていた。

浅井方を油断させるような態度を取り、妹である於市の手紙を餌にして、万福丸が、自ら名乗り出てくるのを辛抱強く待っていた――そう考えるのが道理だ。

（あの起請文は、おそらく本当に信長が書いたものやろ。俺や於市様を信用させるためにな……弁造の申す通りや。魔王を名乗る輩、神仏を恐れるはずがない）

万福丸を受け取ったその日のうちに、織田方は少年の首を刎《は》ね、極悪人として刑場に晒した。安達佐兵衛の笑顔は、すべて偽りだったのだ。芝居にまんまと騙されてしまった。

(では、万五郎殿はどうだ……まさか、奴も一味か？　俺は朋輩にまで裏切られたのか？)

心中で自分に問いかけた。夏の太陽、琵琶湖の水面、汗をかいた馬を労《いた》わる誠実な笑顔――少年の頃の記憶が蘇った。

(あり得ない。阿閉家は浅井の重臣や。俺の幼馴染や、なんぼなんでも、アイツが……きっと、万五郎殿も安達に欺かれていたに相違ない。やはり憎むべきは信長や。安達や)

「この借りは……必ず返す」

異様に両眼を光らせ、与一郎が呟いた。

# 第四章　仇に仕える

## 一

「万福丸様が、信長に何をした？」

　重たい雲が垂れ込めた早朝、朝靄が立ち込める草叢の中で、与一郎は密かに憤《いきどお》っていた。体が震えるのは、寒さの所為《せい》ばかりではあるまい。

（なにが獄門や……なにが極悪人か……まだ十歳、無辜《むこ》の子供の首を『晒しもの』にしてよい道理はない）

　さすがは第六天魔王を名乗る信長だ。慈悲の心がなく、残虐非道である。

「俺は、万福丸様の首を奪還する」

「よう言われた。及ばずながら武原弁造、お手伝い致しまする」

弁造が頼もしく、頷いてくれた。

奪還した首は、形だけでも弔いを済ませた上で「山奥に埋めよう」と弁造と話し合った。信長がどれほど子供の首に執着し、追及してくるのかは分からない。しかし、再度織田方に奪われ、恥ずかしめを受ける事態だけはどうしても避けたかった。北近江生まれの万福丸が、幼少の砌《みぎり》より仰ぎ見て育った伊吹山の麓に埋め、静かに眠って貰いたい。

「遠藤家の旧臣たちに声をかけますか？　四、五人は集まりますぜ」

須川の界隈には、幾軒か「元遠藤家の郎党」が帰農し住み着いている。事情を話して協力を求めれば、気心の知れた彼らのこと、きっと助勢してくれるだろうが、もう彼らは武士ではない。農民として生きる決心を固めた人々だ。巻き込むことには強い躊躇《ためら》いがあった。

「郎党どもは誘わん。やるなら、俺とおまいの二人でやる」

ただ、万福丸の首は、十名ほどの敵に警護されている。こちらは二人きりだし、甲冑も得物もない。

「毒矢を使う」

「なるほど……於弦殿が使うアレですな」

トリカブトは現在開花期を迎えており、沢筋を探せば簡単に見つかろう。後は習った通りにやればいい。掘り起こした塊根を潰し、指の股に挟んで毒性を確認した上で、たっぷりと鏃に塗る。敵の寝込みを襲い、暗闇に紛れて姿を隠し、次々に毒矢で射殺すつもりだ。敵方は、見えない敵と毒矢の恐怖に浮き足立つだろう。逃げだす臆病者もいるはずだ。混乱に乗じて獄門台の上から首を奪い、夜の闇に姿を眩《くら》ます。

「今宵は十六夜の月やが、幸い雲が出とる。月明かりさえなければ、俺ら攻め手に有利や。寝静まった頃に夜討ちを掛ければなんとかなるやろ」

気温は低い。足軽たちは火を焚くだろう。焚火の明るさに目が慣れた護衛たちは、周囲の闇に潜む襲撃者を見難いはずだ。一方、攻め手の与一郎は、炎に照らしだされ右往左往する標的を落ち着いて狙えばそれで済む。

「毒矢か……殿は、毒矢を使った御経験はおありなので？」

「ないわ。あるわけがない」

不機嫌に答えた。二ケ月《ふたつき》前までの与一郎なら「毒矢など士道に反する」と反発しただろうが、嘘の起請文で於市や与一郎を欺き、無慈悲に子供の首を刎《は》ねて晒したのは信長だ。士道に反したのは向こうの方だ。容赦は無用である。

「トリカブトは、熊や猪など大物を倒す毒や。使うのは初めてでも、人に使えばイチコロやろ」

毒矢の経験値云々よりも、弓と矢、鏃の影響の方が大きいだろう。弓は本弓なのか半弓なのか。矢の長さは如何ほどか。鏃は、征矢《そや》なのか平根《ひらね》なのかで大きく違ってくる。

「俺は、沢筋に降りてトリカブトを探す。おまいは里の民家を廻って、何処ぞから弓矢を調達してこい」

「はッ」

「贅沢は申さんが、出来れば本弓で鏃は征矢がええ」

「畏まってござる」

「ええか、盗むなよ。脅し取るのもあかん。弓矢があれば、ちゃんと粒金と交換して来るんや。分かったな？」

「ははッ」

と、頭を垂れた。

深編笠を被った弁造が、阿弥衣を翻して歩み去るのを見送った後、与一郎は、沢に足を踏み入れた。トリカブトは、紫色の小さな花が、群がって咲いている。

よく目立つ。姿の似る草花も多く、間違うと大層危険で、事故も起こっているらしいが、与一郎の場合、食用にするわけではないから、その点は気楽だ。

リンドウやキキョウに惑わされながらも、半刻（約一時間）ほどでトリカブトに辿り着いた。さっそく塊根を掘り起こしたが、見た目はずんぐりとした白っぽい人参である。その親根《おやね》から、さらに幾つかの太い子根《しこん》が伸びていた。於弦によれば、夏には親根が猛毒を蓄えるが、秋から冬にかけて、毒素は子根に移動し、親根の毒は薄まるという。

（今は秋や……毒はどっちに多い？　ま、両方試してみることやな）

敵は十名、こちらは二人きりだ。強い毒で、早めに動きを止めて貰わねば戦にならない。

与一郎は、親根と子根の一部を同量切りとり、別々に石で砕き潰し、それぞれ極少量を交互に指の俣に挟んでみた。

（ウッ、こりゃ物凄いなァ）

瞬間、指の股に激痛が走る。慌てて、沢の水でよく手を洗った。洗った後も、痺れはしばらく去らない。相当に強力な毒性とみた。

（どちらも痛いが、敢えて言えば、子根の方が痛みが強い。強烈やわ。今回は子

根を使うとしよう)

　塊根を幾つか掘り起こし、触れないようにして慎重に晒で包んだ。

　元の草叢に戻ったのは、午《うま》の上刻（午前十一時頃）であったが、弁造はまだ戻っていなかった。弓矢の調達に、手間取っているのだろうか。

　与一郎は、晒に包んだ毒草を懐から取りだし、塊根の処理に取り掛かった。最前、沢の畔で試した塊根の切断部分が不気味に変色している。茶褐色——否、むしろ黒に近い。

（えらく効きそうな……如何にも毒の色や)

　子根から幾片かを切りだし、大き目の石の上に置き、小石でよく潰した。強い刺激臭が立ち込め、目汁鼻汁が止《と》め処《ど》もなく流れる。

（こいつを塗った鏃を射込まれるのは堪らんな。織田の雑兵には恨みこそないが、魔王に仕えた因果と観念せよ。俺を恨むなよ)

　そんなことを考えながら作業を進めていると、草が騒《ざわ》めいて弁造が戻ってきた。手には半弓と箙を抱えている。

「すんまへん。半弓しかおまへんでした。鏃も狩り用の平根ばかりで……ええですか？　なんなら、もう一度……」

「ええよ。なんとでもなる」

半弓は、使い込まれた古いものであったが、手入れがよくされており、弦も新しく、使用に問題はなさそうだ。鏃はすべて狩猟用の平根で、軽量化のための透かし彫りが精密に施されていた。透かし彫りの部分に塗り込めば、大量の毒を盛れそうだ。

「試射したいな」

草叢から首を伸ばして見回すと、一町（約百九メートル）先に松らしき大木が聳えている。辺りに人影はなし——距離は相当あるが、あれを狙おう。

半弓は弓も矢も、本弓の八割程度の長さしかない。しかし、その分、弓幹《ゆがら》が太い。で、短く太い弓を引くのだから案外と力が要る。半弓が非力な女子供用の軽い得物と考えるのは大間違いだ。

曇天の昼近くで風はない。松の梢の辺りを狙って、弓をギチギチと引き絞り、ヒョウと放った。矢はひと呼吸する間を飛んで、根方から五尺（約百五十センチ）余の幹の真中にズブリとめり込んだ。狙い通りだ。

「お見事。ちょうど敵の頭を射抜きましたな……ナンマンダブや」

弁造が合掌し称名した。形《なり》が坊主だから、妙に様になっている。ただ、今夜の襲撃に備えて、自分用の打刀を買い入れてきたようで、法衣の腰紐には粗末な大小が手挟んであった。まるで僧兵だ。

それから三回、距離を違えて試射をした。半町（約五十五メートル）、十間（約十八メートル）と射たが、どれも第一矢《いっし》と同じ場所に突き刺さった。

「な、弁造よ。たとえ今夜の襲撃が首尾よう行っても、我らは刑場破りの咎人《とがにん》として追われることになる」

「然様《さよう》にございまするなァ」

「おまいのでかい図体は、咎人捜しのよき目印になるぞ。『咎人は、身の丈六尺二寸（約百八十六センチ）の大男』……そうそうにはおらんからな。表を歩けんようになる。だから、できるだけ姿を見せるな。草の中で身を低うして動け。なにせ辺りは暗い。そうすれば、巨体が露見《ばれ》ずに済むやろ」

「ま、そう致しましょう」

大男が、身を小さくして小声で答えた。

夕方にかけて草叢で英気を養い、薄暗くなってから物見に刑場へと赴いた。晴れていれば、丸い月が東の山の端から顔を出しているはずだが、幸い、今宵は曇りだ。月のない暗い夜になるはずだ。

草叢を伝い、慎重に歩を進めた。

獄門台上の万福丸の首が、焚火の炎に照らしだされていた。昼間、トリカブトや半弓にかまけ、万福丸の無念を忘却していたが、こうして小さな首を遠くから眺めていると、改めて怒りと悲しみ、悔しさが込み上げてきた。

警護の足軽の数に増減はなさそうだ。厳密に数えてみると——二人の小頭と、槍足軽が八人である。

「状況は変わらんようや。奴らが寝静まったらまた来よう。最前の草叢に戻るぞ」

「はッ」

それから夜半過ぎまで、草叢の中に潜んだ。

火を焚くわけにはいかない。風こそないが、段々と冷え込んでくる。その場で足踏みをして寒さに耐えた。

そして夜半過ぎ——与一郎と弁造は動きだした。

空を見上げる。曇天は変わらず。月はない。

「草叢の中で、なにしろ動け。俺も動きながら一人ずつ射殺《いころ》していく。敵に居場所や人数を悟らせるな」

身を屈めて歩きながら、小声で弁造に命じた。

もう一つ、毒矢を使うからには、同士討ちになるのが怖い。弁造に当てたら大変だ。なにせ猛毒のトリカブト、掠《かす》っただけでも大事に至る。

「くれぐれも、俺の前には出るなよ。獄門台の向こう側にもいくな。同士討ちになるぞ。今夜の俺の矢には毒が塗ってあることを忘れるな」

二人は頷き合うと、また刑場への道を進み始めた。

## 二

獄門台の護衛たちは、焚火の周囲で眠りこけていた。

二人が槍を提げ、不寝番《ねずのばん》をしているのみだ。

与一郎は、弁造と二手に別れ、獄門台から半町（約五十五メートル）ほど離れた草叢に身を隠した。この場所から幾本かの矢を放ち、早めに次の場所へと移動する。点々と闇の中を移動しながら矢を射込み、敵を攪乱《かくらん》する策だ。箙から毒矢を二本、慎重に抜きだした。矢を弦に番《つが》え、別の一本を右手の指に挟み持った。次の矢を素早く番えるための心得だ。片膝立ちで弓を構え、背筋を伸ばして目標を見据えた。

（夜は、的が遠く離れて感じるものや。わずかに下方を狙わんと、矢が敵の頭の上を跳び越すぞ）

大きくゆっくりと息を吐き、精神の統一を図る。

（正射必中南無三……よしッ）

心中で呪文を唱えてから、ギチギチと半弓を引き絞った。

闇に潜んで焚火に照らしだされた敵を狙い射《う》つ――条件は自分に有利だ。

（万福丸様の無念、思い知れ）

ヒョウと放った。その第一の矢が当たったか否かを確かめようともせず、次の矢を番えた。弓が鉄砲に勝る点は幾つかあるが、連射や速射が利くことが第一の利点だ。二《ふた》呼吸する間（約六秒）に一矢《ひと》を射れる。鉄砲だと、早合《はやごう》を使っても十呼吸（約三十秒）に一発がせいぜいで――。

「ぐぐッ」

不寝番の一人が、第一の毒矢を喉に受けて崩れ落ちた。

「おい、どうした⁉」

駆け寄った相棒の胸に、第二の毒矢が深々と突き刺さる。

「て、敵だがや！」

断末魔の叫びに他の護衛たちは跳び起きたが、何が起きたのかまでは分からない。敵は何処だかも分からない。なにせ目が利くのは、焚火の明かりが届く範囲だけだ。文字通り、右往左往している。

(残り八人……)

できれば指揮官の小頭を射殺《いころ》したいが、足軽も徒武者も寝るときは陣笠や具足を脱ぐので、見分けがつかない。指図をしていると思しき者に第三の矢を射込むと同時に、その場から移動した。残りは七人だ。

頃合いよく弁造が、半町離れた草叢の中を「後ろや。右や。違う左や」などと叫びながら、身を低くし、ザワザワと音を立てて駆け抜けた。

「あっちじゃ！」

「どっちじゃ？」

「右やがね！」

「たァけ。それはワシや！」

それぞれ槍を摑んだ七人は、弁造の姿を追おうとしたが、与一郎が放つ第四の矢が、四人目の敵に射込まれた。

左胸を押さえて、ばたりと倒れた。

（後六人か……）

「気をつけろ！　敵は毒矢を使うとるぞ。弓兵は三人や。否、四人おる」

なんと、これは弁造の声だ。あれでなかなか、小知恵が回る。毒矢の恐怖をあおり、敵の動揺を誘おうとの策とみた。巨漢のくせに身のこなしがよく、上手く隠れ、姿を見せない。さすがは元山賊、この手の戦いに長《た》けている。

弁造の思惑通り、毒矢による襲撃と聞いた警護隊に、動揺が走った。

毒矢を射込まれた仲間は、激しく手足を痙攣《けいれん》させ、やがて動きを止めた。於弦は、矢を受けた態が死ぬまでに「四半刻（約三十分）足らず」と言ったが、人にはもう少し効きが早いようだ。その酷い光景を間近で見せつけられて、敵の二人が闇の中へと逃げ去った。

「こらァ、逃げるなァ！」

と、叫んだ影に向け、第五の矢を射込んだ。

（残り三人……）

だが、その残った三人に、矢を射た姿を見咎められたようだ。こちらを見ているのが分かる。三本の槍の穂先を揃え、突っ込んできた。逃げるのか戦うのか、与一郎は一瞬迷った。

（先頭の一人目は射殺《いころ》したにせよ、二人目はさすがに間に合わん。さらに三人目もおる……こりゃ、分が悪いわ）

弓で倒せるのが一人となれば、槍二本と刀一振りの、勝ち目の薄い戦いを強いられることになる。

（ここは、逃げるか？）

刹那、弁造が刀を抜き、藪から走り出るのが目の端に映った。

（弁造がおるなら、方針変更や！　戦おう！）

半弓を引き絞り、先頭を走る敵に射込んだ。

「ぐえッ」

もろに顔に突き刺さった。槍を落とし、後方へ仰《の》け反《ぞ》りながらドウと倒れる。

「えいさッ」

倒れた同僚の体を乗り越えて、後方から二人目が槍を突きだしてきた。

「わッ」

与一郎は、弓も矢も放りだして身を捩《よじ》り、かろうじて穂先をかわした。刀を抜く間もあらばこそ、片手を突いて無様な転倒を堪えた刹那、目前に敵槍の柄——

口金の部分が見えた。

縋《すが》りつくようにして、槍の柄を抱え込んだ。槍兵は振り払おうとするが、腕の下でガッチリ固めて放さない。此処《ここ》を先途と踏ん張った。放せば、甲冑もなしに槍を相手に打刀で渡り合う破目になる。

残った三人目の敵は弁造が相手をしているが、弁造も錆刀一本で槍相手に苦戦しているようだ。

槍は、刺突《しとつ》するだけの得物ではない。穂先の部分を除けば、堅く重く長い丸太棒なのだ。なまじ突くよりも、時には振り回した方が有効で威力を増す。敵足軽は樫製の持槍を振り上げ、幾度も振り下ろした。そのうちの一打が、弁造の頭部を直撃した。

ボクッ。

「い、痛ェ！」

巨漢の怒髪が天を衝《つ》く。や、「痛ェ」ではなかろう。槍の一撃をまともに受けたら、普通は頭骨が割れる。ま、割れないところが弁造の弁造たる所以で――

「この野郎ッ！」

三間（約五・四メートル）もの長槍を持たされた数合わせの長柄足軽と違い、

長さ一間半（約二・七メートル）の持槍を持つ槍足軽は素人ではない。経験豊富な戦士だ。槍の一撃を頭で受け、それでも「痛ェ」で済ます巨漢が尋常な者でないことをすぐに理解した。槍足軽は怯え、「これは勝てん」と半ば戦意を喪失している。

弁造は手に持っていた刀を投げ捨て、槍足軽に突進した。腰の引けた足軽から槍を無理矢理奪い取ると、両手で頭上に差し上げた。炎に映しだされたその憤怒の表情は、あたかも不動明王の如し。

「えいやァ！」

ボキッ。

（弁造のあほう……折角の槍を折りやがった）

怯えて逃げだす敵足軽の背中へ向けて、折れた槍の穂先を投げつけた。

十間（約十八メートル）先で、背中から胸にかけて串刺しにされた足軽が転がり、しばらく手足をバタつかせた後、動きを止めた。

（ば、バケモンが……あかん、ああゆう真似は俺にはできん。俺にできるのは、こうして、しがみつくことだけや）

と、なおも執念深く敵槍にしがみついた。

「放さんかい！」

敵が叫んだ。声が若い。

「あほう、放すか」

むしろ槍の柄を手繰って敵に肉迫した。

相手は若い足軽だ。与一郎と同じぐらいの年齢か。毒矢を使う恐ろしい敵に槍を摑まれ、狼狽しているのがよく分かる。槍を両手で保持している限り、彼は腰の刀を抜けない。いっそ槍を手放して刀を抜けばいいのだが、下手をすると「相手に槍を渡すことになってしまうから」と迷っているのだろう。ただ、戦場での迷いは、即ち死を意味する。若い足軽は「槍の捨て時」を逸したのだ。与一郎に槍を手繰られ、間合いを詰められ、胸を強く足で蹴られ、ドウと仰向けに倒れた。

（もろた！）

と、与一郎は未練なく槍を投げ捨て、足軽に飛びついた。両の上腕を膝で押さえ込むのが心得だ。馬乗りの体勢である。これで動きの自由は奪った。

「た、た、助けてくれ！　殺さねでくれェ！」

股座《またぐら》の下で、足軽が命乞いを始めた。

「あの獄門台の子供も、殺されたくはなかったろうよ」

腰の刀を抜き、獄門台の方向を指した。

「オラが殺《や》ったわけじゃねェよ！」

「では、誰が殺った？　言え、誰が子供の首を刎《は》ねた？」

足軽の首に刀の切っ先を突きつけた。

「あ、安達……安達様だがや」

「足軽大将の安達佐兵衛か？」

安達は、与一郎を欺いただけでなく、処刑までやってのけたようだ。これは安達を成敗せねば、万福丸の魂は納得するまい。

「ほ、ほうだがね……安達佐兵衛様や。い、言ったんだから助けてくれろ」

「甘いッ。助けるとは一言もゆうておらん」

と、刀を振り上げた。

「誰も彼も、子供の首を刎《は》ねるのは酷いと思うとったがね。でもよォ、ワシら雑兵に何ができる？　頼んます。死にたくねェよ」

若者が啜り泣きだした。

（確かにそうや。命じたのは信長や。手を下したのは安達や。こいつらに罪科《つみとが》はない）

「よしッ。おまいの命は助けてくれる。その代わり、信長と安達に伝えろ。必ず借りは返すから首を洗って待ってろとな」

「あ、あんた誰だら？」

「俺は……浅井万福丸や！　百人分の浅井党の亡霊を率いとる」

そう伝え終わった刹那、足軽の顎の先を横から「ゴン」と殴った。脳味噌を揺らされた足軽は、瞬時に昏倒《こんとう》した。

漆黒の闇の中を与一郎は走った。弓は弁造に持たせ、晒で包んだ万福丸の首を小脇に抱え、北へ向けて走った。警護兵十人の内、三人は生きている。彼らが報告すれば、夜明け早々にも織田方の追手がかかるだろう。今のうちに少しでも遠くへ、伊吹山地の奥深くへと逃げ落ちねばならない。

暗い獣道を先導する弁造が足を止めた。

「尾根を二つ越えましたで、もうこの辺でええのやないですか？」

肩を上下させ、息荒く弁造が質した。

「信長にすれば、やっと手に入れた浅井の嫡男の首や」

与一郎も喘ぎながら答えた。

「どうしても探しだそうとするだろうよ。埋めるなら余程《よほど》の奥山でないとな」

「では、今少し奥まで行ってみますか」

「ただ、ここからは歩こう。俺も疲れた。走らんでもええわ」

と、弁造の背中をポンポンと二度叩いた。背中を押されるようにして弁造が闇の中を歩き始めた。

明け方近くまで、さらに二刻（約四時間）は歩いた。もう辺りに人家は勿論、人の痕跡はない。まさに、深山幽谷だ。左手に伊吹山が黒々と聳えて見える。伊吹山の東山麓にいるのだろう。

「なんぼなんでも、こんな山奥に埋めるのは可哀そうかな」

弁造の後方を歩きながら、与一郎が呟いた。

「確かに、お寂しいでしょうな。墓参りにも不便や」

辺りを見回して、弁造が応じた。

「もう少し山奥に入り、風が出るのを待って荼毘《だび》に付そう」

風があれば、煙が吹き流されて拡散し、遠方から発見され難いだろう。

「どうせ子供の、しかも頭の骨だけや。遺灰はほんの少しやろ。俺の印籠に入れて持ち歩けるさ」

印籠――父の遺品となった漆塗りの薬入れを、与一郎はいつも携行していた。

「持ち歩いて、どうされます？」

弁造が足を止め、振り返って与一郎の目を覗き込んだ。

「万福丸様は義母様《ははさま》に会いたがっていた。できれば遺灰を、於市御寮人様にお渡ししたいと思うとる」

「そりゃええ。さぞや泉下《せんか》で喜ばれるでしょう」

「その後、信長の首を挙げる」

「やはり仇討ち、なさるんですかい？」

少しだけ嫌そうな――万福丸を弔うのは賛成だが、仇討ちにまでは付き合いきれん――そんな口ぶりだ。

「俺はやるよ」

与一郎が、多少気落ちしながら答えた。

「俺の見立てが甘かったばかりに、万福丸様は命を落とされた。仇を討たんことには、泉下で若君様や長政公に合わせる顔がない。でも、おまいは別や。嫌なら一緒に来いとはゆわん」

「嫌な言い方や」

僧体《そうたい》の大男が、小声で呟き、顔を背けた。

与一郎はもう、須川領主でも浅井家重臣でもない。ただの牢人者である。禄を離れてまでも旧主に忠誠心を持つ自分の思想こそ、むしろ古風に過ぎるのだ。弁造のように、消失した主家や元主人たちのために「命を懸けるのは御免だ」と感じる方が、むしろ普通の考え方だ。

「なら、どうゆえばいい？　俺はおまいの主人やから『仇討ちを手助けせい』と命じた方がええのか？」

「身共が訊きたいのは、アンタが身共を必要としているかどうかや。主人とか家来とかはどうでもええ。身共は元山賊やぞ。忠義や恩義でアンタについてきたわけやない」

弁造が、吐き捨てるように言った。

黎明《れいめい》の薄明かりの中、周囲の森では鳥たちが目覚め、声を上げ始めている。見晴らす伊吹山の頂が、朝焼けに染まっている。

「俺が一人前なのは弓と馬だけや」

与一郎が、根負けして言った。

「他はすべて半人前……おまいがいなけりゃ、この山奥から人里に出るのも覚束《おぼつか》ない。俺には、おまいの腕と知恵が必要や」

「なんやと……」

主従は、（あるいは元主従は）しばらく睨み合っていたが、やがて——

「へへへ、そうこなくっちゃ」

弁造が相好を崩し、与一郎の肩をドンと叩いた。

「殿……武原弁造、今後ともお供致しまする」

と、よほど嬉しかったのだろう。おどけて小腰を屈めた。与一郎は、ホッとして長く息を吐いた。やはり弁造は頼りになるのだ。

それからさらに、昼まで歩いた。

午後になると幸い風が出てきたので、沢に下り、川原に枯れ木や流木を積んで生首を焼いた。風のお陰で、煙が真っ直ぐ空に上ることはなかったが、完全に灰にするまでには時がかかる。追手が気になる。与一郎は、弁造を尾根に上らせて人の接近を見張らせた。

一人谷底で荼毘の火を守りながら、万福丸のことをあれやこれやと考えるうちに、与一郎の目からは止め処なく涙が流れた。

敦賀でも、伊吹の山中でも、万福丸は、かた時も自分の傍から離れなかった。

厠《かわや》に立つときまで一緒についてきた。よほど心細かったのだろう。そんな哀れな子供を守れなかった自分は——与一郎は己が不甲斐なさを呪った。

（信長と安達を殺して仇を討つまで、己が幸せは考えんことにしよう）

と、万福丸の霊魂と自分自身に誓った。

勿論、信長は父遠藤喜右衛門と主君浅井長政の仇でもある。於弦との長閑な日常などを夢見ている場合ではない。

（信長、討つべし。於弦は……その後や）

与一郎は、信長暗殺にもトリカブトの鏃を使おうと考えている。相手は天下を窺う信長だ。さぞや警備も厳重だろう。弓で狙えるギリギリの遠距離——下手をすると一町半（約百六十四メートル）——から射ることになるかも知れない。幾ら与一郎でも、急所を正確に射抜く自信はなかった。当てるだけが精一杯だ。ただ、毒を塗った鏃なら、急所に入れなくとも、体に当てさえすれば、命を奪える。やはりここは、毒矢を使うに如かずだ。

# 三

信長は度々《たびたび》本拠地を変えるが、現在の居城は岐阜城である。

元は美濃斎藤《みのさいとう》氏の居城で、稲葉山《いなばやま》城と呼ばれていた。六年前の永禄十年（一五六七）八月、信長は斎藤龍興《たつおき》を破って入城。新たに天守と御殿と城下町を作り直し、名を岐阜と改めた。

与一郎と弁造は、伊吹山山麓の森に潜んで一夜を過ごした。織田家の探索が緩むのを待ち、南方の関ケ原方向に、来た道を戻るつもりでいたのだ。

「七人殺されて、獄門首を盗られたんや。奴らは面目を失った。そうそう簡単には諦めんやろ」

「大丈夫、この辺の山には、身共、いささか土地勘がござる」

山賊時代、弁造の塒《ねぐら》は関ケ原の松尾山だったのだ。この界隈、五里（約二十キロ）四方の山なら「庭のようなもの」と豪語した。

「いっそ北か東に進み、山越えして春日《かすが》か池田《いけだ》に出ましょうや。一日歩けば越えられまっせ」

「そこから岐阜までは？」

「東へ五里。ただし、揖斐川《いびがわ》と長良川《ながらがわ》を渡ります」

「大河だが……ま、この時季や、さほどの水嵩《みずかさ》ではあるまい」

ちなみに、本日、天正元年（一五七三）十月十八日は、新暦に直すと十一月十二日に当たる。雨の多い時季ではない。

「よし、関ケ原は止めや、北か東へ行こう」

と、立ち上がった。


翌日には山を越えて濃尾平野へと出た。揖斐川と長良川を渡り、岐阜城下へと入ったのは二日後だった。

この街は元々、井之口と呼ばれていた。長良川が北西を流れ、頂上に岐阜城天守が聳える稲葉山（金華山《きんかざん》）を東に望む。実に活気のある街である。

長良川が天然の水堀となり、その河畔には柵を立てた土居《どい》が設けられ、守りを固めていた。散見される寺院はどれも塀が高く、水堀を擁し、曲輪としても十分に機能しそうだ。蓋し、岐阜は要塞都市の顔も持っていた。

与一郎も、敵の本拠地に乗り込むからには、相応の準備をした。

まず、刑場を襲い万福丸の首を奪ったのが、毒矢を使う弓兵であること、僧体の者が含まれていることは、敵に知られていよう。よって弓と矢は途中で捨てた。ただし、晒に包んだトリカブトの塊根のみは、今も懐に忍ばせてある。

また、弁造は、遊行僧の装束を改め、小袖と伊賀袴を途中の農家で買い求めた。二人とも旅の牢人といった風体である。尤《もっと》も、弁造の頭髪はまだ髷を結える長さがなく、蓬髪《ほうはつ》とした状態ではあるが。

「随分と賑わっとる城下やな」

古着を扱う店の店主に弁造が気さくに声をかけた。世辞ではない。実に人の数が多い。老若男女がそぞろ歩いており、誰も一様に表情が明るい。

商品を見る風を装いつつ、与一郎も聞き耳を立てる。信長の市井《しせい》での評判に興味があった。

「そりゃあもう。織田家は羽振りがようございますからね」

「弾正大弼（信長）様の御威光であろうな？」

「そうそう。なんたって天下布武《てんかふぶ》やからね」

天下布武——小牧《こまき》城から岐阜城に本拠地を移した頃から、もう五、六年も信長が好んで使う印文である。武を以《もっ》て泰平の世を築く——ほどの意味か。

「これだけの城下や。信長公も姿を見せたりするんやろな？」

ここは重要なところだ。与一郎も耳を欹《そばだ》てた。

「まさか」

「どうして？」

「や、ほれ……」

と、商人は東の方を指さした。そろそろ紅葉が始まる稲葉山の頂上に、四層の立派な天守が望まれた。

「山頂の天守に住んでおられて、山を下《くだ》るのは遠征のときだけですがね。殿様が山を下《お》りてこられると『ああ、戦やなァ』と我らも思いますわ」

「ほう。それは変わっておられるな。普通は麓《ふもと》の御殿にお住みになられるものだろうに？」

小谷城も大層な山城だったが、山頂の砦はあくまでも詰《つめ》の城《しろ》で、長政一家は清水谷の御殿でゆるりと暮らしていたものだ。

「その方が便利だよねェ。ま、ここだけの話……」

商人は、声を絞って囁いた。

「うちの殿様ァ、用心深いからね。なんでも敵が多いんだと、ハハハ」

「な、親父？」

ここまで黙って聞いていた与一郎が、横から商人に声をかけた。

「弾正大弼様には、妹御がおられるわな？　別嬪のさ」

「ああ、於市御寮人ですね……出戻りの、ハハハ」

嫁ぎ先の浅井家から戻ってきたので、確かに「出戻り」ではある。

「その於市御寮人は、山頂の御城に住まわれているのだろうか？」

「兄君の弾正大弼様と仲違《なかたが》いし、今は麓の御殿で、姫様たちとひっそり暮らしておられるそうな」

姫様たち——浅井長政の娘、茶々、於初、於江の三人を指す。

「ほう、仲違いをな」

兄妹喧嘩の原因は、信長が万福丸を処刑したからではあるまいか。起請文まで使って騙された於市が、兄に腹を立てるのは当然だろう。生《な》さぬ仲とはいえ、小谷城で実見した母と子はとても仲睦まじく見えたものだ。

別の店で甘柿を買った。弁造と二人、食いながら城下を歩いた。岐阜は昔から柿の美味い土地柄だそうな。確かに甘い。美味い。

「信長は意外に用心深い奴のようですな。ちと、やり難い」

弁造が、柿の実を舐《ねぶ》りながら呟いた。

「山頂の天守に閉じこもって、外出しないのでは話にならん。矢を射込む隙がない」

やはり柿を舐りつつ与一郎が答えた。

「どうです、信長が通りそうな道沿いに家を借り、野郎が通るのを気長に待つという策は？」

「おまいは蜘蛛《くも》か？　俺の性分には合わん」

「ああ、そうですかい」

折角の策を無下に拒絶された弁造がむくれ、足元に柿の種を吐き捨てた。

前方に人だかりができている。見れば高札場《こうさつば》だ。高札を読んでみたいが、人が多くて前に出られない。そこで、人の波から首一つ出ている長身の弁造に、高札を読ませた。

「ほう。これは面白《おもろ》い」

「なんや、どうした」

弁造は、与一郎を人のいない場所へと誘った。

「織田家で足軽を募《つの》っとるらしいですわ。戦場《いくさば》の経験者は優遇されるんですと」

巨漢は、そう小声で言ってニヤリと笑った。

「確かに家来になれれば、信長に近寄れそうやな……でも、俺は浅井の残党やぞ。言葉で北近江の出だとすぐ露見《ばれ》る」

「そこも高札にはちゃんと書いてありましたがな。浅井家や朝倉家の牢人者でも構わぬと」

「なるほど……よし、ではなろう。織田家の足軽に」

と、元は北近江須川領主の遠藤与一郎が頷いた。

遠藤与一郎は、大石与一郎と名を変え、織田家の足軽に志願、武原弁造共々、召し抱えられることになった。遠藤家が浅井の重臣だったこと、亡父喜右衛門が信長を刺し殺す寸前までいったことなどもあり、ここは遠藤姓を隠すに如かずと考えたのだ。遠藤姓の他にも隠したことがある。弓と乗馬の腕だ。特に弓は、刑場を襲撃した者が使う毒矢と、関連付けられないための用心である。

足軽の俸給は、年に二貫文（約二十万円）ほどだが、武具と最低限の衣食住は保障されていた。飢え死に、凍え死に、野垂れ死にする心配はなさそうだ。

召し抱えられた後、足軽組に配属された。十人の足軽を一人の徒武者が小頭として率いるらしい。

「大石与一郎と武原弁造にござる。かつては浅井家の足軽にござった」と、弁造と並んで、八人の同僚足軽の前で挨拶した。この組は、全員が新参者らしい。一応は人懐っこい笑顔で迎えてくれたが、亡父はいつも「足軽なぞと申す者は、馬鹿と嘘つきと泥棒の集まりや」と零《こぼ》していた。与一郎の同僚たちはどうであろうか。

城下の北、長良川に面した庶民が住む町の北端に、足軽長屋が延々と立ち並んでいた。各部屋は、板敷が二室と土間のみだ。風呂も便所も井戸もすべて共同である。その狭小な長屋の一室に、十人の足軽が押し込まれ、寝起きを共にするのだ。

「あんの……ちょっとええですか？」

三人の同僚足軽が遠慮がちに声をかけてきた。

「なんや？」

「あんたさん、もしかして……須川の遠藤様ではないの？」

「こら……」

傍らの弁造が気色ばんで身を乗りだすのを、与一郎が制した。

彼ら三人も元は浅井家の足軽で、若者と巨漢の二人組を見て「多分、そうや」

と思ったらしい。どうして大石姓を名乗っているのか、なぜ織田家に仕えたのかと興味津々で訊いてきた。

（まさか「信長を殺すために仕官した」ともゆえんな）

「小谷城が落ちても死にきれず、食うに困っての足軽奉公。しかも長政公を殺した織田方や……御先祖様に申しわけないと、もう遠藤姓は捨てたんや」

「そうですかい。でもワシら、どうお付き合いしたものか困ります。元は須川の殿様なわけやし」

「なんの、足軽の仲間同士や。俺のことは与一郎、こいつのことは弁造と呼んでくれ。普通に付き合うてくれたらそれでええ」

三人の足軽は、市松《いちまつ》、倉蔵《くらぞう》、義介《ぎすけ》と名乗った。気のよさそうな奴らだ。

「実は、小頭も元は浅井の徒武者やし……うちの組は、北近江の出ばかりなんですわ」

市松が誇らしげに言った。織田家の方針として、浅井の残党は浅井同士で、朝倉の旧臣は朝倉同士で組ませているらしい。ま、同郷者同士の方が、何かと話が合いそうではある。

「ほう、小頭まで北近江かい」

「藤堂《とうどう》与吉様、御存じで？」

「や、知らん」

とは答えたのだが、どこかで聞いた名だ。

（与吉？　与吉ねえ……）

「殿、伊吹の山中ですわ」

背後から弁造が小声で耳打ちしてくれた。

「小便しながら見逃してくれた徒武者……奴は確か、仲間から与吉と呼ばれとりましたで」

そう言われればそうだ。ようやく思い出した。

「その藤堂様は、蔦の前立の兜かい？」

「へい、さいで」

市松ら三人が一斉に頷いた。

足軽長屋には、狭い部屋毎《ごと》に男ばかり十人も暮らしており、内緒話には向かない。弁造を促し、表へ出た。外は夕暮れ、見上げる茜空を三羽の鴉が鳴き渡っていく。

「どうします？　藤堂与吉は、おそらく万福丸様と殿が一緒にいたことを知ってますぜ」

遠藤与一郎が弓と馬の名手であることは、浅井の残党なら誰でも知っている。さらに、与一郎が伊吹の山中に万福丸と一緒にいたことを藤堂が喋れば、六人の足軽を毒矢で殺して——殺した七人の内の一人は、毒矢ではなく弁造が折れた槍を投げつけて串刺しにした——万福丸の首を奪い去った賊と与一郎が、一本の線で結ばれてしまう。

「藤堂の出方次第やな」

与一郎が、辺りに気を配りながら告げた。

「一度は見逃してくれたんや。二度目も目を瞑ってくれるやも知れん。ただ、もし反目に回りそうやったら……口を封じる」

「恩人を殺すんですね？」

「あほう、嫌な言い方すな。だから相手の出方次第や」

と、与一郎が声を潜めた。

翌朝、藤堂与吉が足軽長屋へとやってきた。徒武者の長屋は、立派ではないが足軽長屋よりは人の住処らしいそうな。

藤堂の顔を見れば、やはりあの折の小便武者に相違なかった。

「ワシを含めてこの十一人は、生きるも死ぬも一緒や。家族みたいなもんや。ま、仲良うやろうで」

と、十人の配下を集め、明るく挨拶した。気さくな小頭で、他の足軽たちも安心した様子だ。

一同が散会した後、与一郎は藤堂に声をかけた。

「小頭、ちょっとお話が……」

「なんや？　ああ、おまい大石とかゆうたな。おまいら二人とも、元は浅井家らしいのう」

「はい……」

弁造と顔を見合わせた。口ぶりからすれば、伊吹山中での邂逅《かいこう》を覚えていないようにも聞こえる。

「小頭、もしや俺の顔を御存じで？」

「知らん」

「こいつの面は？」

と、弁造の大きな顔を指した。

「や、知らん。浅井家とゆうても、ワシは元々阿閉淡路守《あつじあわじのかみ》様の家臣でのう」

「え、あ……」

阿閉の名を聞いた与一郎が、顔色を変え、急に口籠った。

「どうした？」

男女の仲に限らず、人と人の縁は異なものである。どこでどう繋がっているのやら分からない。

「阿閉様は、山本山城と御料地を安堵されたと伺いましたが？」

「ああ、そうや。うちの大将は……羽柴秀吉様は、我ら浅井衆に優しいのや」

「阿閉様には、御嫡男の万五郎様がおられましたな？」

「ああ、おられたな。今は、秀吉様の小姓や。今後はさぞ出世なさるのやろう」

「ほうほう」

旧遠藤屋敷で万五郎から聞いた話の通りだ。

「おまいも元浅井衆なら、出世の可能性もあるのう。織田家に仕官してよかったのう」

と、小頭が長閑に笑った。

今後、藤堂の組は、羽柴秀吉に仕えることになるらしい。与一郎たちの身分は、信長の直臣ではなく、織田家にあっては陪臣ということになるのだろう。与一郎や藤堂与吉にとっての主人は、あくまでも羽柴秀吉なのである。

「なにせ、今までの羽柴様は所領五千貫（約一万石）やったのよ。それが一挙に北近江三郡十二万石を治めるお大名になられた」

五千貫から十二万石——秀吉の出世も大したものだが、信長も相当気前が良さそうだ。

「家来衆も十倍以上に増える。羽柴家は、人が要るわけや」

（なるほど……それで浅井家の残党を大量に召し抱えとるとゆうわけか）

「時に小頭？」

「なんや？」

惚けた様子で藤堂が与一郎を見た。

「本当に、俺の顔を御存じない？」

と、与一郎は顔を近づけた。

「知らんがな。見るのも初めてや」

小頭が首を振った。

午後、弁造と二人で長良川の河原に出た。堂々たる大河で、河道の幅は二町（約二百十八メートル）から広いところでは三町（約三百二十七メートル）以上もある。童の頃から慣れ親しんだ姉川より、明らかに大規模な河川だ。曲部の広大な河原で、今後のことについて話し込んだ。

「藤堂小頭は、本当に俺らの顔を知らんのやろか？」

「茂みに隠れてましたからな。それに、やはり山中に子供が居ったので、万福丸様に気を取られたのかも知れませんな」

「顔が分かっていても『知らぬ』と、しらを切ってるのやも知れん。そうは考えられんか？」

「なぜ、しらを切るのです？」

「そら、相手が凶状持ちだと気付いたら、まず惚けるわな。関わり合いになりたくないやろ」

「まあね」

弁造が頷き、そして続けた。

「ただ、『今すぐ捕縛してどうこう』という風にも見えない。のんびりしてた」

「その通りや。悠然としとったわ。ま、しばらくは様子見でええやろ」

恩人の口を封じる——のは一先《ひとま》ず延期となった。

「俺は、稲葉山の麓の御殿に忍び込もうと思うとる」

「於市御寮人様ですか？」

「そうや」

生前の万福丸が深く慕い、一番に会いたがっていたのは義母の於市である。遺灰を彼女に託せば、きっと泉下の万福丸は喜んでくれるだろう。後は信長と安達を射殺《いころ》せば、万福丸への与一郎の供養は一応の区切りがつく。

「忍び込まずとも、浅井の旧臣として、堂々と奥方様に御挨拶に出向けば？」

「そうもいかん。織田家の目もあるやろ。こっちは七人から殺しとる。於市様に御迷惑がかかりかねん」

「では、御殿に忍び込むのはええとして、中は広いですやろ。どうやって於市様の居室を探します？」

「於市様とは、敦賀と岐阜で幾度か文の遣り取りをした。それには、決まり事があってな……」

於市の侍女に和音《かずね》という者がおり、その女に宛てて文を出せば、於市に届くという手筈になっていた。同じやり方で連絡をとれば、なんとかなるだろう。

# 四

御殿に忍び込むとなれば、月のない暗い夜を選びたい。四日ほど待った。

「今夜、実行する」

与一郎は決断した。

今宵の月は二十六夜月《にじゅうろくやづき》だ。月の出は寅の上刻（午前三時頃）である。それまでは闇夜だ。忍び込むには都合がいい。

この四日の間に、諸々の準備ができた。和音とも二度文を交換していたから、於市の居室の在処《ありか》を含め、庭に忍び込んだ後の不安は少ない。

子《ね》の上刻（午後十一時頃）、弁造は連れずに、一人で足軽長屋をこっそりと出た。山道を行くわけではないし、弁造の巨大な体軀は目立ち過ぎて、忍働きには向かない。身の軽い与一郎の足手まといになるだけだ。因果を含めて、長屋に居残らせた。

織田家から支給された藍染めの小袖と伊賀袴を身に着け、一応大小を佩びた。

庶民が住む町を抜け、四町（約四百三十六メートル）ほど歩くと、巨大な御殿が闇の中に蹲《うずくま》っていた。背後には比高百丈（約三百メートル）の稲葉山が黒々と聳えている。その頂《いただき》から、第六天魔王が見下ろしているのかと思えば、なんとも禍々《まがまが》しい景色に見えてきた。

そんな印象を胸に、御殿の塀の際《きわ》に身を潜めた。松明《たいまつ》を手にした衛士《えいし》の一隊が、時折巡回してくる。同じ場所に長く留まるのは危険だ。

（人影はなし……行くか）

と、御殿の石垣に取りついた。

御殿の周囲は、すべて石垣で守られていた。野面《のづら》積みには相違ないのだが、その自然石の一つ一つがあまりにも巨大で、手掛かりに乏しく、極めて登り難い。これで雨や雪で表面が濡れでもしていたら、登るのは不可能だろう。

石垣を登り終えると、柵が巡らせてあった。しかし、この四日の内に幾度も下見を繰り返していたお陰で、これは難なく越えることができた。土塁上の柵には幾つかの出入口（城兵が打って出る折に使う）が設けられているものだ。

庭の植え込みに蹲り、邸内の様子を窺う。和音が送ってくれた屋敷の見取り図は、すべて頭に入っているから大きな不安はなかった。やがて広縁に迎えに出ていた和音に導かれ、於市の居室へと招き入れられた。

「よう無事でおったのう」

於市と会うのは二ケ月《ふたつき》振りである。小谷城本丸での一別の後、様々な悲劇が起こった。城は落ち、長政は自刃。於市は岐阜へと移送され、与一郎と万福丸は敦賀へ落ち延びた。そして小谷城に戻った十歳の万福丸は惨殺され、不破関で首を晒されたのだ。

「万福丸様をお守りできませなんだ……申しわけございません」

と、泣きながら平伏した。先ずは謝罪だ。自分なりに言い分はなくもないが、長政と於市の夫婦が、我が子を託してくれた信頼に応えることができなかったのは事実なのだから。

「お前の所為《せい》ではない。自分を責めるな」

於市は与一郎に、労《ねぎら》いの言葉をかけてくれた。少しだけ救われた。与一郎の判断で万福丸は織田方に投降し、結果命を落とした。その罪科《つみとが》を、於市から厳しく糾弾されるものと覚悟していたからだ。

「すべて兄の笑顔とあの起請文に騙された妾《わらわ》の所為です。周到にも兄は、妾が頼みとする秀吉殿をこの岐阜に足止めして小谷城に戻さなんだ。兄信長は恐ろしいお人や」

と、於市は一気に語り、嘆息を漏らした後、さらに言葉を続けた。

「お前は書状の中で、万福丸は病で死んだと申しておった。あれでよかったのじゃ。お前の思案に任せていれば、あの子はまだ生きていたであろうに」

於市は打掛の袖で涙を拭った。

「奥方様、こちらを……」

与一郎は懐から遺灰を詰めた印籠を取りだし、於市に差しだした。

「万福丸様の、御首《みしるし》の遺灰にございまする」

それを聞いた於市の目が、一瞬キラリと光った。

「では、毒矢の賊とは……やはり、お前か？」

与一郎が頷くと、於市は天井を仰ぎ見た。

「なんと……万福丸の首を取り戻してくれたのは、与一郎であったか。お前、真《まこと》の忠臣よのう」

於市は、受け取った印籠を一旦は見つめ、胸に押し当て、瞑目した。

ふと、於市が目を開き、与一郎を見つめた。

「お前……同じ毒矢で兄を射るつもりですね？」

「ま、まさか……」

図星を指され、慌てた。恐るべし、女の直感。

「ではなぜ、名門遠藤の主ともあろう者が、足軽に身を落としてまで織田家に仕える？」

「食うためにござる。暮らしのためにござる」

「偽りを申すな。遠藤家は鎌倉以来の名家。そしてお前は武勲赫々《かくかく》たる弓と馬の名手。加えてその若さと美貌……どこの家でも欲しがる逸材ではないか」

「買い被りにござる」

気まずい沈黙が流れた。

「妾は、お前に『兄を射るな』とゆうつもりはない」

「え？」

意外な言葉に、与一郎は顔を上げ、於市の涼やかな目を覗き込んだ。

「我が兄信長は、お前にとって、父親と主君と万福丸の仇である。憎むのが自然、殺そうと狙うのが当然だと思う」

どう返事をしてよいものやら分からず、黙って於市を見ていた。

「ただ、兄を首尾よく殺せても、同時にお前も殺される。妾はそれを惜しむ」

「お言葉ではございまするが、本懐を遂げることができれば、その後にこの身がどうなろうと、気にもなりませぬ」

「お前には本懐でも、お前を亡くすことで悲しむ者は必ずおるはずじゃ。あの気のよい山賊上がりを道連れにするのか？」

「弁造は、それがしの郎党にござれば、ともに死ぬのは本望にございましょう」

口ではそう強がりながらも、弁造の迷惑そうな顔、於弦と紀伊の悲しむ顔が脳裏を過った。

「仇討ちなど……そこまでする価値があるのか？　お前の父親や万福丸がそれを求めておると思うか？」

（あかん、於市様に説諭されとる。このままやと俺、日和《ひよ》ってしまう……）

ここで与一郎は威儀を正した。背筋を伸ばし、息をゆっくりと長く吐いた。

「己が信念にもとる道を選び、たとえ無事に生き永らえようとも、その後の人生は、自分で自分を責める虚しいものとなり果てましょう。何方《どなた》かのために仇討ちをするのではござらん。それがしがそれがしらしく生き、それがしらしく死ぬためにこそ信長公の御首を頂戴つかまつりたく存じまする」

一気にまくし立てた。またもや沈黙が流れた。ややあって——

「わかった……もう言わぬ。好きにしやれ」

於市が嘆息を漏らした。

「ただ、くれぐれも忘れないでいておくれ」

於市が身を乗りだし、小声で囁いた。

「どのような仕儀になろうとも、妾は遠藤与一郎を信じ、遠藤与一郎のために祈っておる……よいな」

「あ、有難き……幸せにございまする」

と、平伏した。


足軽長屋に戻り、まだ起きていた弁造を伴い、長良川の河原へ出た。ここは流水音があるので内緒話に都合がいい。

「で、於市御寮人様はなんと？」

弁造が、興味津々に聞いてきた。

「ま、頑張れと」

「御冗談を⁉」

と、プイと横を向いた。

「あほう、冗談なんぞゆうとらんわ。励まされたのは事実やで」

「でも、手前ェの兄貴を殺すのを応援するってのは、どうも納得できまへんな」

「憎しみ合う姉妹もおる。殺し合う兄弟もおる。兄弟姉妹も色々や」

「へえ、そんなもんですかね」

東の方、稲葉山の山の端に、二十六夜月が顔を出した。三日月とは弦の向きが逆さまだ。細い月だが夜空が澄みちぎっている所為か、煌々と明るく感じる。

「我らの目星は、あくまでも信長や……そこに変わりはない」

「ごつい目星ですな」

弁造が嘆息を漏らした。

「足軽組の仲間には、なんと言ってあるんや？　俺が夜中に抜けだし、変に思われていないか？」

「そこに抜かりはござらん。これに会いに行ったとね、へへへ」

と、小指を立てて見せた。なまじ与一郎は美形なので、誰も疑っていない由。

「ま、女と会ってきたことに嘘はないわけでね。しかも日乃本一《ひのもといち》の美女や」

「あほう、主君の奥方様や」

稲葉山の頂に立つ岐阜城が、月に照らされてくっきりと見える。この河原からは八町（約八百七十二メートル）以上も離れているはずなのに、四層の天守の輪郭が夜空を背景に浮かび上がって見えた。

「手始めに安達を討つ」

「でも、下手に安達を先に討つと、本星の信長が警戒を強めませんか？　身共なら、信長を先に討つけどね」

弁造の言い分は、もっともである。

「安達を先に討つのには二つ理由がある」

と、与一郎が説明を始めた。

「まず第一には、信長を殺《や》るからには命懸けになる。相打ち覚悟になる。もし、相打ちになれば、安達はのうのうと生き永らえることになる」

「確かに」

「第二に、藤堂の話やと、我らは秀吉に仕えることになるそうな。となると、俺が万福丸様と行動を共にしていたことを知る安達佐兵衛の存在は邪魔や」

「なるほどね……安達が先ですな」

安達は与一郎が遠藤家の当主であったことも知っている。父喜右衛門の死に様を強く糾弾もしていた。その遠藤与一郎が、大石与一郎なぞと名を変え、足軽となって「織田家に潜り込んで来た」と知れば、安達は当然、疑惑の目を向けてくるだろう。

安達は、秀吉の寄騎として小谷城に詰めている。秀吉は現在岐阜にいるが、いずれ新領地である小谷に入るだろう。家来である与一郎たちも同道することになるから、自然、小谷城内で安達と顔を合わせることになってしまう。

「奴が……遠藤与一郎と大石与一郎が同一人物やと気づく前に、口を封じねばならん」

「仇討ちと口封じか……安達、一刻も早う討たねばなりまへんな」

二十六夜月が、河原に大小二つの影を長く引いていた。

# 五

ところが半月が経っても、藤堂の足軽組が、岐阜を離れることはなかった。

主人である羽柴秀吉が岐阜を動かなかったからだ。領地のある北近江の小谷城、横山城などは実弟の木下小一郎《こいちろう》が城番を務めており、城を空けても心配がない。

さらには、そもそも織田家にとって、北近江の戦略的価値が大幅に下がってしまったのである。

目下織田家は、四方で敵と対峙していた。

まず越前の朝倉領を奪ったことで、越後《えちご》の上杉謙信と国境を接することになった。また、加賀《かが》には一向一揆の問題がある。東に目を転ずれば、武田勝頼が遠江で徳川家康の城を襲い始めた。本願寺や三好・松永とは抗争中だ。それに比べて、北近江は平和だ。喫緊《きっきん》の課題とてない。

信長という男は、人材を見つけると、気前よく領地や昇進で報いるが、その分人材を使い倒す。倒れるまで使う。有能な秀吉を、平和な北近江くんだりでのんびりさせるはずがないのだ。

秀吉は朝早くから稲葉山に上り、岐阜城内で信長との評定に臨み、帰宅は夜半過ぎ──そんな毎日を送っている。しかし、彼の軍団には、当面やることがない。侍も、足軽たちも、屋敷や長屋で呑気に暮らしていた。

「岐阜から小谷までは、大体十二里（約四十八キロ）や」

長良川の土手に並んで仰臥《ぎょうが》し、流れる雲を眺めながら、与一郎が弁造に話しかけた。

「馬を借りれば、ゆっくり一刻半（約三時間）で着く」

戦国期の馬は小柄で、足も遅い。それでも急《せ》かせば半刻（約一時間）で七里半

(約三十キロ)は走る。馬は馬なのだ。

ただ、そうそう連続しては走れない。途中は歩かせないと長丁場は持たない。総じて、半刻で四里(約十六キロ)前後進むとみておきたい。与一郎のいう「十二里を一刻半で走破する」のは妥当な数字といえた。

「長政公から頂戴した軍資金は、まだ十分に残っとる。織田家の馬乗りから、元気な軍馬を借りれば、一晩で小谷城と岐阜を往復できんかな?」

「一晩で往復?」

弁造が身を起こして、与一郎の顔を覗き込んだ。

「小谷で……なにをされます?」

「知れたこと。安達を殺す」

「一晩で? 簡単に仰《おつしや》るが……」

弁造は辟易《へきえき》した様子で、また仰臥してしまった。

「やれるさ。安達は遠藤屋敷に住んどるんや。勝手知ったる元の俺の屋敷やぞ」

小谷城は巨大な山城だ。清水谷への間道は無数にある。遠藤屋敷にも戦国期の武家屋敷の心得として、抜け道が幾つか設《しつら》えてあった。こちらは、それらをすべて知悉《ちしつ》しているのだから、圧倒的に有利なのだ。

「主人の寝所も、目星は付いとる。暗い中でも迷わず行ける。俺は、生まれたのこそ須川館だが、あの家で育ったんやからな」

「ま、確かに」

「やってみようや。やれるって」

「はあ……」

「どうした弁造、グズグズと歯切れの悪い……おまいらしくもない」

「や、実は……」

弁造、馬が苦手だったのだ。

「あほう。気合で乗り切らんかい！」

「ははッ」

与一郎の雷が落ち、弁造は渋々と同意した。

岐阜から小谷へゆくには、長良川と揖斐川《いびがわ》の渡河が難所となる。特に揖斐川は陽のあるうちに渡ってしまいたい。

本日、天正元年十一月十三日は、新暦に直すと十二月七日だ。日没は酉《とり》の上刻(午後五時頃)だから、岐阜を申《さる》の下刻（午後四時頃）に発てば、暗い中で大河を渡らずに済む。その後は、十三夜の明るい月が宵の口から浮かんでいるので、夜道を馬で走るのにも具合がいい。

申《さる》の下刻少し前、馬乗りの侍に粒金を与えて借りた二頭の軍馬に跨り、岐阜城下を発った。

山賊稼業から足を洗い、遠藤家に仕えた後も徒士身分のままであり続けた弁造は、馬に慣れていない。今も乗馬は苦手だ。鞍上で常にフラフラしている。大男で手足が矢鱈《やたら》と長いから、小柄な日本馬に跨ると、両の足先が地面に付きそうで見栄えがよくない。まるで仔馬を大男が虐待しているように見えてしまう。

一方の与一郎は、弓と並んで馬の手綱さばきには定評があった。士分の家の子だから、心得として乗馬を叩き込まれたということもあるが、それ以上に、遊びとして、与一郎は乗馬を楽しんだ。平地を疾駆させるのも痛快だが、細い山道を人馬一体となって駆け上り、駆け下るのも乗馬の醍醐味だ。小柄な日本馬は、脚が短い分、坂道の上り下りには向いている。それこそ、片桐助佐や阿閉万五郎たちと誘い合って、小谷城周辺の山々を闊歩したものだ。

「弁造、手綱と鐙《あぶみ》を緩めろ。鞍の前輪《まえわ》と後輪《しずわ》を摑んで、後は馬に任せておればええ。おまいより馬の方が、よほど賢いんやから」

「……………」

鞍上の弁造が、流石に嫌な顔をした。

大河の渡河は、特に苦労した。

長良川も揖斐川も、浅瀬を選んで慎重に渡河した。与一郎が上流側に馬を立ち込ませて流れを緩め、弁造の馬に下流側を歩かせるのだ。

揖斐川の渡河を終えた辺りで陽が暮れた。

北から伊吹山地が下りてきて、南からは鈴鹿山脈がせり上がってくる。両山塊がぶつかる狭隘《きょうあい》の地を貫いて、古代からの往還である東山道が西へと伸びていた。大垣を経て関ケ原界隈で道は分岐する。小谷へは東山道から別れた北国脇往還を往くのが近い。

満月よりも美しいと称される十三夜月が、東の空高くに上ってきた。伊吹山を右手に見ながら進むと、急に視界が開けた。琵琶湖の北岸、北近江の大地が明月に照らしだされていた。

小谷城には、予定より大分遅れて着いた。

月は山の端を大きく離れており、戌《いぬ》の下刻（午後八時頃）を少し回っているはずだ。目方が二十四貫（約九十キログラム）もある弁造を乗せた馬がへばり、幾度か休憩を挟まねばならなかったのだ。もし、弁造が甲冑を着込み、刀を佩び、槍を提げると——兜と当世具足に小具足を含めて四貫（約十五キログラム）、槍と刀と諸々で二貫（約七・五キログラム）——総重量は三十貫（約百十三キログラム）に迫るだろう。馬迷惑な乗り手だ。父が弁造の騎乗を頑なに許さなかった所以である。

「おまい、騎乗の身分になりたかったら……痩《や》せろ」

「お言葉ですが、身共は無駄に肥えておるわけではござらん」

弁造がむきになって抗弁した。

「戦場で無双の働きをするための、言わば武士の心得にござる」

小声で口喧嘩をしながら、馬を降り、小谷城の東山腹の森を歩いて登った。目指す旧遠藤屋敷は、清水谷の入口付近にある。西の尾根の麓だ。ここから登ると随分歩かねばならないが、最も人の目につき難い道を選んだつもりだ。

総じて、城の警戒は緩かった。この小谷城の周囲二十里（約八十キロ）以内に敵はいないのだから当然か。

幾度か遠くに衛士の松明を見たが、その都度身を隠したから大事には至らなかった。思うに松明などは、己が所在を敵に報せるようなものである。忍び込んだ側からすれば、森の中で動く灯りだけを警戒していれば済む。楽なものだ。

（ま、俺はこの城で育ったからええが、余所者《よそもの》が夜の森を歩くなら、松明はどうしても要るやろな）

——なぞと衛士に同情を寄せている内に、旧遠藤屋敷の裏手へと出た。

西の尾根を少し上ったところに、旧遠藤屋敷内からの抜け穴の出口がある。古い祠《ほこら》を模してあり、巧妙に隠蔽されていた。無論、外から邸内へと忍び込む場合には、ここが入口となる。

坑道が崩れていないか不安だったが、問題なく使えた。この坑道を行けば主殿にある居室の床下に出る。

与一郎は坑道から這い出て、屋敷内の様子を窺ったが、まだ人の声がアチコチから聞こえた。

（もう少し待つか）

坑道に戻り、狭苦しい闇の中、弁造と並んで膝を抱えた。

「まだ皆な起きとる。寝静まってから出よう」

「御意ッ」

しばらく沈黙が流れた。

「俺、思うんやけどな」

「はい？」

闇の中から返事があった。姿は見えないが、確かに弁造はそこに居る。

「安達の口を封じるのはええとして、あまり派手な殺し方はまずかろうな」

「と、申されますと？」

「万福丸様の首を奪還したところまではええんや。浅井の残党の忠義心で話は済む。でも、手を下した安達までを惨殺するとなると、そこから先は織田家への意趣返しになってくる」

「意趣返しではいかんのですか？」

弁造が怪訝そうな声を返してきた。

「身共は端《はな》から、そのつもり……意趣返しのつもりでやっておりましたからね」

「この前の話の通りや。肝心の信長が警戒するやろ？　なぞの毒矢名人を恐れて、人前に出んようなったら、仕事がし辛くなる」

「では、安達佐兵衛は見逃すと？」

「いやいや、奴の口は封じるよ。万福丸様の恨みに加えて、俺と若様の繋がりを知られとるからな。安達だけは殺《や》るしかない。ただ、問題はその殺り方や」

可能ならば――病死か事故死に見せかけるのが「一番いい」「信長を警戒させない」と与一郎は考えている。

「病死か事故死ね……要は、刃物傷《はものきず》が残らねばええということにござるか？」

「ま、そうや」

「ならば、身共にお任せあれ」

「思案でもあるのか？」

「はい、幾つかございまする」

と、闇の中で与一郎の前腕を二度叩いた。暗いが、弁造がニヤリと笑う気配がよく伝わった。

結局、坑道の中で一刻半（約三時間）を過ごし、深夜になってから床下へと這い出した。

坑道内での打ち合わせに従い、安達が就寝していると思われる二部屋――主殿の居室と客殿の書院を床下から探った。主殿の居室に人の気配はなかったが、客殿の書院からは、幽《かす》かな寝息が漏れていた。

（ここや）

と、己が頭上を指さすと、弁造が頷き返した。

一旦庭に出てから広縁に上がり、身を屈めて様子を窺う。大丈夫だ。周辺に人の気配はしない。障子の向こう、書院の中からの寝息は今も続いている。

スルスルと障子を開き、大胆に侵入した。

畳の上、夜着《よぎ》に包《くる》まり、一人の武士が眠っている。寝息の主は彼だ。

夜着——要は、掻い巻き布団である。この時代、まだ敷布団は存在しない。庶民なら筵《むしろ》を敷くのがせいぜい、身分ある者でも畳の上に直接寝た。

弁造が四つん這いのまま、武士ににじり寄った。与一郎は表を窺った後、障子を静かにストンと閉めた。武士はまだ目覚めない。弁造が、夜着の襟元をホトホトと叩くと、ここで武士は目覚め、身を起こそうとした。その刹那、巨大な拳が武士の顎を横に殴りつけ、脳を揺らされた武士は即座に失神した。

(フフフ、俺と同じやり方や。相手を伸《の》すなら、顎を横に殴るのが一番や)

と、心中で苦笑した。

「これで、しばらくは起きませんでしょう」

弁造が威儀を正して畳の上に端座、与一郎に向き直った。

「さて、殿……刃物傷を残さぬ殺し方には三途ござる。一つ、縊《くび》り殺す。二つ、首の骨を外す。三つ、口と鼻をふさいで息を止める」

なんとも禍々しい選択肢である。

「いずれの殺し方を選びましょうや？」

「縊り殺しは、絞めた痕が残るからあかん」

「ならば、首の骨か、口と鼻をふさぐか、にござるな？　どちら？」

「こやつは、優しげな笑顔で俺を誑《たぶら》かし、若君の首を刎《は》ねた憎い輩よ。どうせなら……苦しむ方で殺《や》れ」

「御意ッ」

弁造は、失神した安達を仰臥《ぎょうが》させると、胸の上に跨り、両の二の腕を膝で押さえ込んだ。そして常人の倍もある大きな右掌で安達の口を押さえ、左手で鼻を摘まんだ。

「うう、ううう」

呼吸が出来ずに、安達は覚醒した。しかし体が動かない。巨石のような二十四貫（約九十キログラム）の重量が胸と腹と腕を圧しているのだから、微動もできない。

「安達佐兵衛、浅井万福丸様の苦しみ、怒り、恨み、今こそ思い知れ」

与一郎が安達の耳に口を寄せて囁いた。自分を殺そうとしている相手の正体に気づいた安達は、唯一動かせる両足をバタつかせ始めた。

「あ、こいつ！」

与一郎が跳びかかり、全体重をかけて安達の足を制圧する。

「ううう、うう……う」

久しく暴れた後、彼の動きは緩慢になり、呻き声も聞こえなくなり、やがて安達は動きを止めた。

「死んだか？」

「おそらくは……暫時お待ちあれ」

と、弁造は機敏に安達の胸から下り、動きのない胸に己が耳を押し当てた。

「なにも聞こえません」

「よし……万福丸様の仇、討ち取ったり」

与一郎は、安達の茶筅髷《ちゃせんまげ》の先端を一部だけ、それと分からぬ程度に切り落とし、紙に包んで懐に仕舞った。

二人は、安達の寝間着や頭髪の乱れをざっと整え、夜着を丁寧に掛け直してから、書院を後にした。朝になれば「卒中死」とされるだろう。

見上げる十三夜月は、もう西の空に傾きかけていた。

# 終章　長良川の月——再生、冬

岐阜に戻ってから半月ほどの間は、弁造共々《ともども》長屋で大人しくしていた。

与一郎は、陪臣の足軽である。末端の雑兵とはいえ、一応は織田家の俸給を食《は》む身だ。その彼が、信長の直臣たる足軽大将を謀殺してしまった。勿論それ以前に、刑場で織田家の七人を殺してもいる。言わば裏切り者だ。己が行動の結果が、どのような騒ぎになるのか——ならないのか、見極めねば次の行動はとれないと考えていた。

「これといった悪い噂も流れてきまへんな」

例によって、長良川の河原で弁造が呟いた。

「安達佐兵衛は卒中死……それで話が決まったんやろ」

「それならそれで、そうゆう噂が流れてきても、よさそうなもんですな」

「たかが足軽大将が卒中で死んで、そんな細かい話が岐阜まで流れてくるかな？」

「きまへんか？」

「こないやろ……いずれにせよ、もうしばらく、大人しくしておこう」

「ほとぼりが冷めるまで、ですな？」

巨漢がニヤリと笑った。

「そうや」

美男がニヤリと返した。

足軽長屋でやることはたんとある。兵糧丸《ひょうろうがん》を作ったり、畳胴《たたみどう》や草摺《くさずり》を繕《つくろ》ったり、槍の稽古をしたり、同僚足軽たちと酒宴をしたり、と、色々あって退屈はしない。八人いる同僚足軽たちも概《おおむ》ね好漢揃いで安心した。ま、大した才人も聖人もいないが、救い難い馬鹿とか、とんでもない嘘つきとか、度し難い悪党とかは交じっていないようだ。日頃は、市松、倉蔵、義介の三人組と浅井家残党繋がりでつるむことが多い。

小頭である藤堂与吉——最近では藤堂与右衛門高虎《よえもんたかとら》なんぞと、偉そうに名乗っているらしいが——の方針で、足軽たちはお互いを「兄弟」と呼び合うようにしていた。

「や、驚いたんや……おまい、藤堂様、幾つに見えるよ？」

この手の上役の噂話も、長良川の河原でなら気がねなくできる。

「さあね……三十ぐらいですか？」

「十八やと、俺と同じや。弘治二年（一五五六）の生まれゆうとった」

「ほんまですか？　ハハハ、えらい老け込ん……や、老成されてますなァ」

幾度か酒も飲んだが、元々は近江犬上《いぬかみ》郡の土豪の出らしい。酔うと毎度「自分は小頭で終わる漢《おとこ》ではない」「近々騎乗の身分になる」と繰り返した。弁造ほどではないが、六尺豊かな大男で、体重もかなりありそうだから、いつの日か藤堂が出世すると――馬が哀れだ。


「おい兄弟、あんたに客やぞ」

籠手《こて》の解《ほつ》れを繕っていた与一郎に、同僚足軽の倉蔵が声をかけた。

「誰や？」

「いつもの別嬪のお女中や……美男はええのう。兄弟、あの女、飽きたらワシに譲れや」

「お、分かった」

と、籠手を放りだして表へ出た。

その後も於市とは連絡を取り合っている。侍女の和音が、使いとして文や言伝《ことづて》を運んでくれていた。怪しまれても困るので、組の足軽たちには、恋仲の女という体にしており、その旨は和音も了承している。

「子《ね》の上刻（午後十一時頃）ですか？　随分と遅いですね」

於市の住む御殿まで、夜中に忍んでくるように言われた。

「仔細があるやに、伺っておりまする」

俯《うつむ》き勝ちに和音が答えた。和音は小柄な美人だ。近江女の権化ともいうべき賢い性質《たち》で、小谷城にあった頃から、於市御寮人を知恵と機転で支えている。その和音が、半歩歩み寄り、与一郎の肩にソッと額を押し当てた。

「え？」

「お芝居ですよ。お仲間が見ておられます。私たち、恋仲なのでしょ？」

美人が下から見上げて、艶然と微笑んだ。

振り向けば、長屋の入口から仲間たちがこちらを羨ましげに覗いている。呆れたことに、その中には弁造の姿まである。

（弁造のあほうが。恋仲は芝居だと知っておろうに。あの不忠者め……後で、どやしつけてくれる）

と、大いに憤った。
それにしても——こんな美人と寄り添う現場を於弦に見られたら大変だ。和音は問答無用でトリカブトの毒矢を射込まれるに相違ない。下手をすると与一郎自身も一巻の終わりで——嗚呼《ああ》、剣呑《けんのん》、剣呑。

子の上刻少し前に、於市の御殿に入った。

「これは、それがしを欺き、万福丸様の首を刎ねた者の遺髪にござる」

安達佐兵衛の茶筅髷の先端部から切り取った、わずかな毛髪を於市に渡した。

「お前は、まるで妖術使いやな。どうやって、このようなものを……」

と、懐紙に包まれた毛髪をしばらく見つめ、やがて和音に託した。

「今宵、お前に来て貰ったのは外でもない。ある武将にお前を会わせたくてな」

「どなたにござるか？」

「じきに見えられよう。それまで、この部屋で暫時お待ちやれ」

於市は、和音を連れて部屋を出て行ってしまった。広い居間に一人きりで残された。

（俺に会わせるって誰や？　しかも、こんな夜更けにか？　まさか、本物の幽霊

と違うやろな)

と、身震いした刹那、スッと襖が開き、若い男の顔が半分だけ覗いた。

「あ、おまい、助佐やないかァ！」

「よ、与一郎、生きとったかァ！」

若者が部屋に飛び込んできて、二人はぶつかるようにして抱き合った。

片桐助佐と与一郎は、幼馴染である。

「城を枕に討死したとばかり思うとったが、こんなところで再会できるとは……嬉しいぞ助佐！」

「与一郎、俺も会えて嬉しい！」

二人は涙を流しながら、互いの体を音がするほどに叩き合い、生きていることを確かめ合った。お互いに「小谷落城で奴は死んだ」と思っていたのだ。ところが、与一郎は長政の嫡男万福丸を、助佐は末弟の万寿丸を預けられ、小谷城から抜けだしており、生きていたという次第。それほど、主君長政が信頼を寄せる若者たちだったということだろう。

「羨ましいのう……ワシも交ぜて欲しいものよのう」

助佐の背後に小男が立った。弾かれたように助佐が振り返り、平伏した。

「控えろ与一郎、羽柴秀吉公にあらせられるぞ」

「え……」

慌てて平伏した。小谷城が落ちるまでの三年間、聞かぬ日のなかったほど、浅井家に食い込んでいた敵将だ。顔を合わすのは、今宵が初めてである。

「ワレが与一郎かや？」

――なんという下品な物言いか。

「ははッ」

「毒矢を使って、万福丸殿の御首《みしるし》を奪還したそうやのう」

「……あの」

返事に窮し、只管《ひたすら》額を畳に擦りつけた。

「隠すな。於市御寮人様からすべて伺っておるがね」

ここで秀吉は深く嘆息を漏らした。

「万福丸殿を庇《かば》いきれなんだは、ワレの所為やない。ワシの力不足や。信長公から、あのおとろしい目ン玉で睨まれて『猿、岐阜から一歩も動くな』と命じられると、どうもこうもならん。万福丸殿とワレには、申しわけねェことをしたと思うとる。この通りだがや」

そう言って、神妙な面持ちで深く頭を垂れた。

(秀吉……北近江三郡十二万石の大名が足軽に頭を下げとる。浅井家の老臣《おとな》たちがホイホイ靡《なび》いて、殿を裏切ったのは「この辺」やろな)

と、心中で呟いた刹那、ひょいと顔を上げた秀吉がニッと笑った。

「ワレは、御首を奪還したのに飽き足らず、へへへ、若君の首を刎《は》ねた安達佐兵衛を殺したな？」

「………」

「心配致すな。小谷城では『安達は卒中で身まかった』ことになっとるがね」

「よう御首を奪還してくれた」

横から、我慢しきれずに助佐が介入した。

「よう仇を討ってくれた。嬉しいぞ与一郎、おまいこそ武士の中の武士や」

助佐が与一郎の背中を叩いて祝福してくれた。糾弾されているのか、褒められているのか、どうもよく分からない。ただ、今の助佐の言葉が、旧浅井家家臣たちの偽らざる本音であることも事実なのだろう。

「乱世にあっては、士道が廃《すた》れて久しい。ワレの忠節は称賛に値する……が、それもここまでや。ここから先はあかんがな」

秀吉は歩を進め、平伏する与一郎の頭のすぐ前に胡坐《こざ》した。

「ワレ、次の仇討ちは誰を狙う？　信長公であろう？　図星であろう？」

万福丸に死を与えたのは、信長である。旧主の浅井長政を殺したのも、父喜右衛門を殺したのも信長だ。秀吉でなくとも、次の標的が信長だと誰でも想像がつきそうだ。

「ところが、それをやられるとワシが困るのよ。ワシの出自は尾張の百姓や。それを人がましい者にまでしてくれたのは信長公や。恩義がある。今後のことを考えても、今、殿様に死なれては困る」

(知るか。おまいの都合や)

と、心中で冷笑した。

「どうやワレ、ワシと取引せんか？」

「え？」

顔をわずかに上げて秀吉を見た。淡い灯火に照らされた顔が、鬼のようにも、仏のようにも見え、与一郎はゾクッと身震いした。

「ワレの忠義心の元の元は浅井家であろう。そこはええな？」

思わず、頷いてしまった。秀吉の背後に、於市と和音の姿が見える。どうやら於市は、秀吉と一蓮托生らしい。

(そういえば、於市様は小谷時代から大の秀吉贔屓《びいき》やったからなァ。阿閉様も、万五郎殿も、会った者は誰も彼も秀吉贔屓になる……そうゆう男や)

「だとすれば、浅井家の再興こそが、遺臣の最たる目標になるのではねェか？」

「しかし、万福丸様は、すでに身まかられておられまする」

悔しさと切なさが高じて、思わず叫んでしまった。

「あほう。もう一人おるわ。万寿丸様よ」

と、横から片桐助佐が口を挟んだ。万寿丸を連れて落城する小谷城から逃げだしたのは、外ならぬこの助佐である。

「あ、そうや」

万寿丸は妾腹だが、確かに長政の種だ。この五月に生まれた乳飲み子である。

「万寿丸殿は現在、ワシの保護下にある」

助佐を手で制し、秀吉が話を引き取った。

「え？」

「本当のことです。妾も確かめました」

於市が、必死な面持ちで横槍を入れてきた。

「現在の信長公に万寿丸殿の生存を告げれば、必ず殺される。だからワシがしばらく匿《かくま》っておく。いずれ時を選んで、浅井家再興を働きかけてみるつもりや。だから、ワレはしばらく、敵討を自重せい。ワレが、この申し出を断るなら、ワシは万寿丸にも、浅井家にもなんの義理もねェのだから、殿様に万寿丸の生存を告げるぞ……と、ま、そうゆう取引や」

是非もなさそうだ。万福丸の仇を討ったわ、浅井家の血は途絶えたわ、では本末転倒である。

「お言葉に従いたく思いまする」

と、平伏した。

「信長公に毒矢は向けぬな？」

「万寿丸様による浅井家再興の目がある限りは、約定を守りまする」

「よおゆうた」

居室内に、ホッと安堵の空気が流れた。

（ただ……なぜ秀吉は俺を殺さない？　俺は刑場を襲った咎人や。取引などせんでも、俺を捕らえて処刑すれば、信長を毒矢で狙う奴はおらんようになる。殺すやろ、普通？）

との、素朴な疑問が頭に浮かんだ。

小頭の藤堂は「秀吉は、浅井侍に優しい」と言っていた。

秀吉は、五千貫（約一万石）から十二万石の大身に膨張したことで、新たに大量の家臣を召し抱えねばならなくなった。そこで、旧浅井家家臣団を厚遇し、そのまま羽柴家に移植させる方法を選んだ。と、するならば——忠義専一の遠藤家の主で、若君の御首《みしるし》を奪還し、若君の首を刎ねた怨敵を見事に討った与一郎には（旧浅井家家臣団から見れば）ある種の正当性が備わっているということにならないか。浅井衆を取り込みたい秀吉としては、与一郎の正当性や人気を利用しない手はない。

（俺を咎人として処刑すると、浅井家旧臣たちの心が離れる。だから殺さない。つまり、そうゆうことかい）

なんとなく得心がいった。

「ワレの忠義心に免じ、一つだけ面白い話を聞かせてやろう」

と、秀吉が、身を乗りだした。

「於市御寮人様の御前ではあるが……我が主、信長公は猜疑心《さいぎしん》が殊の外お強い。それは外敵に対してばかりではなく、家臣に対しても、常に警戒の目を向けておられるほどや。ま、用心深いのは戦国大名の心得やけどな」

その一環として、各侍大将に付ける寄騎《よりき》衆の中に、間者、監視人ともいうべき者を必ず含ませているというのだ。

「ワシのところに遣わされたのは、ワレが殺した安達佐兵衛よ」

（なるほど。安達は確かに、自分は信長の直臣で、秀吉のもとには寄騎として来ているとゆうとったわ。俺が安達を病に見せかけて殺したことで、むしろ秀吉はホッとしているのやも知れんな。どうせ色々と主人には言えん秘密を抱えとるんやろ）

「で、安達には手先が一人おった」

秀吉がニヤリと笑った。

「野心家でな。なかなかの切れ者。織田の直臣となり、織田家内での出世を望んでおった。誰だと思う？」

「さあ、よう分かりませぬ」

「阿閉万五郎よ」

「………」

なんとなく真相が伝わり、少し体が震えた。

「万五郎は、もう皆でつるんでおった子供の頃とは違う。別人や」

と、傍らで、片桐助佐が苦虫をかみつぶした。

「奴は出世の為なら、なんでもやりおる」

与一郎には、思い当たる節が多々あった。安達を信用した最後の一押しは、幼馴染の万五郎の誠実そうな笑顔だったのだから。


卯《う》の上刻（午前五時頃）、ようやく秀吉から解放され、於市の御殿を出た。

冬至も近いので辺りはまだ暗い。足軽長屋の前の井戸端に、大きな男がいて、膝を抱え、空を見上げていた。男がこちらを見た——弁造だ。

「お帰りなさい」

「うん」

「どうでした？」

「ええ話も、悪い話も聞いた」

「大変でしたな」

と、弁造が立ち上がり、尻の汚れを払った。自然、与一郎と弁造の足は長良川の河原へと向いた。

「おお、姉川戦の月と一緒や……明けの三日月や」

まだ暗い東の空に、引き絞った弓のような三日月が浮かんで見えた。

明けの三日月は、今月最後の月である。明日は晦日《みそか》で、もう月は出ない。ただ朔《さく》が来たれば、月はまた姿を現わす。必ず蘇《よみがえ》る。人の生と死、滅亡と再生もまたかくの如し。浅井家の命運もまた同様か。

（アカン、俺は人の言葉に踊らされ過ぎや。万五郎のことも自分で調べよう。奴を殺すのは、よくよく調べて、裏切りを確信した後でええ。案外、秀吉が主人の間者である万五郎を除かんとして、俺に殺させようと煽《あお》っとる可能性もなくはない。そうや、自分の頭で考えることや）

弁造が拳大《こぶしだい》の石を拾い、川に向かって投げた。石は川の中ほどに落ち、水しぶきを上げた。

与一郎は顔を上げ、背筋を伸ばし、朝靄に煙る長良川の河原を歩き始めた。弁造があとに続いた。

※本作はフィクションです。登場する人物・団体・事件等は、実在のものとは必ずしも一致しません。

**小学館文庫**
**好評既刊**

# 勘定侍 柳生真剣勝負〈一〉
# 召喚

上田秀人

ISBN978-4-09-406743-9

大坂一と言われる唐物問屋淡海《おうみ》屋の孫・一夜《かずや》は、突然現れた柳生家の者に御家を救えと、無理やり召し出された。ことは、惣目付《そうめつけ》の柳生宗矩《むねのり》が老中・堀田加賀守《かがのかみ》より伝えられた、四千石の加増にはじまる。本禄と合わせて一万石、晴れて大名となった柳生家。が、大名を監察する惣目付が大名になっては都合が悪い。案の定、宗矩は役目を解かれ、監察される側に立たされてしまう。惣目付時代に買った恨みから、難癖をつけられぬよう宗矩が考えた秘策が一夜だったのだ。しかしなぜ召し出すのが商人なのか？　廻国中の柳生十兵衛も呼び戻されて——。風雲急を告げる第１弾！

**小学館文庫**
好評既刊

## 突きの鬼一

鈴木英治

ISBN978-4-09-406544-2

美濃北山三万石の主百目《どうめき》鬼一郎太の楽しみは月に一度の賭場通いだ。秘密の抜け穴を通り、城下外れの賭場に現れた一郎太が、あろうことか、命を狙われた。頭格は大垣半象、二天一流の遣い手で、国家老・黒岩監物の配下だ。突きの鬼一と異名をとる一郎太は二十人以上を斬り捨てて虎口を脱する。だが、襲撃者の中に城代家老・伊吹勘助の倅で、一郎太が打ち出した年貢半減令に賛同していた進兵衛がいた。俺の策は家臣を苦しめていたのか。忸怩たる思いの一郎太は藩主の座を降りることを即刻決意、実母桜香院が偏愛する弟・重二郎に後事を託して単身、江戸に向かう。

**小学館文庫**
**好評既刊**

# 江戸寺子屋薫風庵

篠 綾子

ISBN978-4-09-407168-9

江戸は下谷に薫風庵という風変わりな寺子屋があった。三百坪の敷地に平屋の学び舎と住まいの庵がある。二十人の寺子は博奕打ち一家の餓鬼大将から、それを取り締まる岡っ引きの倅までいる。薫風庵の住人は、教鞭をとる妙春という二十四歳の尼と、廻船問屋・日向屋の先代の元妾で、その前は遊女だったという、五十一歳の蓮寿尼、それに十二歳の飯炊き娘の小梅の三人だけ。そこへ、隣家の大造が寺子に盆栽を折られたと怒鳴り込んできた。おまけに、城戸宗次郎と名乗る浪人者まで現れて学び舎で教え始めると、妙春の心に、何やら得体の知れない思いが芽生えてくる。

小学館文庫
好評既刊

# 八丁堀強妻物語

岡本さとる

ISBN978-4-09-407119-1

日本橋にある将軍家御用達の扇店〝善喜堂《ぜんきどう》〟の娘である千秋は、方々の大店から「是非うちの嫁に……」と声がかかるほどの人気者。ただ、どんな良縁が持ち込まれても、どこか物足りなさを感じ首を縦には振らなかった。そんなある日、千秋は常磐津の師匠の家に向かう道中で、八丁堀同心である芦川柳之助と出会い、その凜々しさに一目惚れをしてしまう。こうして心の底から恋うる相手にようやく出会えたのだったが、千秋には柳之助に絶対に言えない、ある秘密があり——。「取次屋栄三」「居酒屋お夏」の大人気作家が描く、涙あり笑いありの新たな夫婦捕物帳、開幕！

小学館文庫
好評既刊

## 人情江戸飛脚
## 月踊り

坂岡 真

ISBN978-4-09-407118-4

どぶ鼠の伝次は余所様《よそさま》の隠し事を探る商売、影聞きで食べている。その伝次、飛脚を商う兎屋の主で、奇妙な髷《まげ》に傾《かぶ》いた着物をまとう粋人の浮世之介にお呼ばれされた。瀟洒《しようしや》な棲家《すみか》狢亭《むじなてい》に上がると、筆と硯《すずり》を扱う老舗大店の隠居・善左衛門がいた。倅の嫁おすまに悪い虫がついたらしく、内々に調べてほしいという。「首尾よく間男と縁を切らせたら、手切れ金の一割、千両なら百両を払う」と約束する隠居に、生唾を飲み込む伝次。ところが、思わぬ流れとなり、邪な渦に呑み込まれ……。風変わりで謎の多い浮世之介とともに弱きを救い、悪に鉄槌《てつつい》を下す、痛快無比の第１弾！

小学館文庫
好評既刊

かぎ縄おりん

金子成人

ISBN978-4-09-407033-0

日本橋堀留『駕籠清』の娘おりんは、婿をとり店を継ぐよう祖母お粂にせっつかれている。だが目明かしに憧れるおりんにその気はなく揉め事に真っ先に駆けつける始末だ。ある日起きた立て籠り事件。父で目明かしの嘉平治たちに隠れ、賊が潜む蔵に迫ったおりんは得意のかぎ縄で男を捕らえた。しかし嘉平治は娘の勝手な行動に激怒。思わずおりんは本心を白状する。かつて嘉平治は何者かに襲われ、今も足に古傷を抱える。悔しがる父を見て自分も捕物に携わり敵を見つけると決意したのだ。おりんは念願の十手持ちになれるのか。時代劇の名手が贈る痛快捕物帳、開幕！

**小学館文庫**
**好評既刊**

## 付添い屋・六平太
### 龍の巻 留め女

金子成人

ISBN978-4-09-406057-7

時は江戸・文政年間。秋月六平太は、信州十河藩の供番（駕籠を守るボディガード）を勤めていたが、十年前、藩の権力抗争に巻き込まれ、お役御免となり浪人となった。いまは裕福な商家の子女の芝居見物や行楽の付添い屋をして糊口をしのぐ日々だ。血のつながらない妹・佐和は、六平太の再仕官を夢見て、浅草元鳥越の自宅を守りながら、裁縫仕事で家計を支えている。相惚れで髪結いのおりきが住む音羽と元鳥越を行き来する六平太だが、付添い先で出会う武家の横暴や女を食い物にする悪党は許さない。立身流兵法が一閃、江戸の悪を斬る。時代劇の超大物脚本家、小説デビュー！

**小学館文庫**
**好評既刊**

# まやかしうらない処 信じる者は救われる

山本巧次

ISBN978-4-09-407180-1

本郷菊坂台にある「瑠璃堂」主人・千鶴《ちづる》の占いは、見料は高いが当たると評判。だが実は千鶴にその才はない。鋭い観察眼と推理力、そして口八丁で客を丸め込むのだ。ある日、札差の佐倉屋喜兵衛が瑠璃堂を訪れた。蔵に誰かが侵入した形跡があり、犯人を占いで探してほしいという。その頃、江戸の町には贋金が流れているという噂があった。瑠璃堂でも佐倉屋が支払った見料から贋小判が見つかる。千鶴の右腕、権次郎と梅治が調べに出た矢先、佐倉屋の番頭が何者かに刺され死亡、直後に喜兵衛も転落死した。贋金の謎に迫る千鶴たちに黒幕からの刺客の手が忍び寄る！

ISBN978-4-09-406886-3

**小学館文庫**
**好評既刊**

# 春風同心十手日記〈一〉

佐々木裕一

ISBN978-4-09-406843-6

定町廻り同心の夏木慎吾が殺しのあったという深川の長屋に出張ってみると、包丁で心臓を刺されたままの竹三が土間で冷たくなっていた。近くに女物の匂い袋が落ちていたところを見ると、一月前に家を出ていった女房おくにの仕業らしい。竹三は酒癖が悪く、毎晩飲んでは、暴力をふるっていたらしいのだ。岡っ引きの五六蔵《ごろぞう》や女医の華山らに助けを借りて探索をはじめた慎吾だったが、すぐに手詰まってしまい……。頭を抱えて帰宅した慎吾の前に、なんと北町奉行の榊原忠之が現れた⁉　しかも、娘の静香まで連れているのは、一体なぜ？　王道の捕物帳、シリーズ第１弾！

**小学館文庫**
好評既刊

# お龍のいない夜

風野真知雄

ISBN978-4-09-407198-6

「龍さんを斬らはるつもりどすか？」そんなことしたら、あんたの頭にペストルで穴空けてやる。一つやない。指の二本も入るような穴を、三つも四つもな。うちは、やると言ったらやる女やで――。京都七条新地の旅館で働く楢崎龍は、勤皇の志士の隠れ家で、坂本龍馬と出会う。龍馬はお龍に惚れ込み、のちに祝言をあげる。寺田屋事件の夜、お龍の機転で、龍馬は命を救われる。しかし、近江屋での夜、お龍は……。龍馬の激動の人生に、お龍はどう絡んでいったのか。龍馬がお龍に送り続けた恋文の中身はいかなるものだったのか？　風野真知雄版の新・龍馬伝誕生。

**小学館文庫**
**好評既刊**

## うちの宿六が十手持ちですみません

神楽坂 淳

ISBN978-4-09-406873-3

江戸柳橋で一番人気の芸者の菊弥は、男まさりで気風《きっぷ》がよい。芸は売っても身は売らないを地でいっている。芸者仲間からの信頼も厚い菊弥だが、ただ一つ欠点が。実はダメ男好きなのだ。恋人で岡っ引きの北斗は、どこからどう見てもダメ男。しかも、自分はデキる男と思い込んでいる。なのに恋心が吹っ切れない。その北斗が「菊弥馴染みの大店が盗賊に狙われている」と知らせに来た。が、事件を解決しているのか、引っかき回しているのか分からない北斗を見て、菊弥はひとり呟くのだった。「世間のみなさま、すみません」——気鋭の人気作家が描く、捕物帖第１弾！

―――本書のプロフィール―――

本書は、小学館文庫のために書き下ろされた作品です。
協力　アップルシード・エージェンシー

小学館文庫

姉川忠義《あねがわちゅうぎ》
北近江合戦心得《きたおうみかっせんこころえ》〈一〉

著者 井原忠政《いはらただまさ》

二〇二二年十二月十一日　初版第一刷発行

発行人 石川和男
発行所 株式会社 小学館
〒一〇一-八〇〇一
東京都千代田区一ツ橋二-三-一
電話 編集〇三-三二三〇-五九五九
販売〇三-五二八一-三五五五
印刷所 ――― 中央精版印刷株式会社


ISBN978-4-09-407211-2